どぜう丸 Illustration 成海七海
学生結婚した相手は
不器用カワイイ
遊牧民族の姫でした

飯観寺辰明《いいかんじ・たつあき》
開運部部長。お寺の生まれで霊感がある。
雪屋愛菜《ゆきや・まな》
亨のクラスメイト。好奇心旺盛で変わり者が好き。
南雲小紅《なぐも・こべに》
開運部の部員。人見知りなオカルトマニア。

夜風がそよぐ中で、メイユエの歌声と
馬頭琴の音色のみが響く。
月明かりの下に照らされる彼女の横顔。
なんだか悔しいけど……

綺麗だと思った。
俺はそのままメイユエの奏でる
故郷の旋律に耳を傾けていた。
志田亨　しだ・とおる
高校一年生。とある事情で
メイユエと結婚した。
チャン・メイユエ　張美月
遊牧国家「カレムスタン」の姫。
亨の結婚相手。
志田須玖瑠　しだ・すぐる
亨の妹。マイペースな中学二年生。
チャオ・フェイウェン　趙飛文
メイユエの従者兼護衛。
茶目っ気もある忠義者。

学生結婚した相手は
不器用カワイイ遊牧民族の姫でした

どぜう丸

OVERLAP

CONTENTS

Gakusei kekkon shita aite ha
bukiyou kawaii yubokuminzoku no hime deshita.

Illustration
成海七海

プロローグ　前略、黄泉路の上より……

遊牧国家【カレムスタン】。

もしもモンゴル、中国、ロシア、カザフスタンに囲まれた山岳地帯の中央が平原になっていたとしたら。そこに国があったとしたら。周囲の国々から見れば吹けば飛ぶような国土面積しかないその国は、むしろ資源もなく、人口も少ないことから、大国には魅力的な土地とは映らず、今日まで独立を保つことができていた。

雪を被《かぶ》った青い山々に囲まれた草原の国。

その国はシルクロードの迂回《うかい》ルートの一つにもなっていて、様々な国の文化的・思想的な影響をうけながらも、今日まで伝統的な遊牧生活を続けてきた。

ただしそんな旧態依然とした国も、昨今の急速な社会のグローバル化の波は来ており、徐々にだが人々の生活様式も変化してきている。

これはそんな遊牧国家カレムスタンの姫君と、日本の男子高校生が、とある理由から結婚せねばならなくなるところから始まる物語。

◇　◇　◇

ここはどこだろうか。
暗い。もの凄《すご》く暗くて寒い場所だ。一寸先も見えない。
そもそも俺の目は開いているのか？　閉じているのか？
なんでこんな場所にいるのだろう？
……ダメだ。なにも思い出せない。
「っ⁉」
そんなとき、遠くのほうに光が見えた。
眩《まぶ》しくはない。だけど優しい光だ。
身体《からだ》が自然とそっちのほうへと向かっていく。
徐々にその光が闇をかき消していき、黒一色だった景色を染め上げる。
次に目を開いたとき……そこにはしっかりとした風景があった。
敷かれたレッドカーペット。両脇に並ぶ長椅子の列。
そのカーペットが行き着く先には祭壇。
そして見上げたところには十字架と聖母子を描いたステンドグラス。
どこかの教会としか思えない風景が広がっていた。
どこからともなくオルガンの音色が聞こえてくる。
これからミサでも始まるのだろうか？
と、そのとき、自分の格好がおかしいことに気が付いた。

俺はいま、いわゆるタキシードというモノを着ていた。

なんでこんな着飾った格好をしてるんだ？

ん？　ちょっと待て。

（教会でタキシードって……）

ある想像が脳裏に浮かぶ。

いやでもまさか……そんなことが……。

「Ｏｈ～緊張シテルノデスカ～？」

気が付くと祭壇の前に神父服姿の男が立っていた。

温厚そうな顔立ちの眼鏡を掛けた初老の男性。

ただ俺の視線はその人のある一点にむけられていた。

髪が後退して広がったおでこの砂漠に、一つの盛り上がり。

「タケノコ？」

「コレノドコガタケノコニ見エマスカ～」

「じゃあ『タケノコの集落』？」

「キノコ派ニ怒ラレマ～ス。イイ加減、現実ヲ見ツメテ下サ～イ」

くっ、現実離れした見た目のヤツに言われるとなんか悔しいな。

そう……男に生えていたのはソレはまるで〝鬼の角〟のようだった。

西洋風教会の祭壇の前に東洋風の鬼。なんの冗談だ。

「ワタクシハ『獄卒鬼《ごくそつき》』デ～ス。地獄ノ鬼ネ」

「外国人口調なのに和風な名前!?ってかここ地獄なのか!?」

「違イマ～ス。ココハアノ世トコノ世ノ境、言ウナレバ『境界ノ教会』ネ」

誰が上手《うま》いことを言えと……って、ここは現世ではないのか。

え、じゃあなに、俺ってばマジで死んだの？

「っていうか、地獄の鬼がなんでエセ外国人みたいな話し方になってるんだ？」

「コノ方ガ感ジ出ルデショ。イマジャ常世《とこよ》モグローバル社会ナノデ～ス」

「いやいや鬼だろ？　獄卒鬼って名前なのにこんなキリスト教的でいいのかよ」

「ソウナンデスケドネ～、最近ジャ純和風ナ結婚式ハ流行《はや》ラナインデ～ス。三三九度ナンテモウ古インデスカネ～。亡者ノミナサン西洋風ヲゴ希望ノヨウナノデ、オモイキッテ西洋風ニアレンジシテミタノデ～ス。コレガ意外ト好評デシテ」

「あの世のニーズなんて知るかよ……」

そんなことより、いまこいつ結婚式とか言わなかったか？

脳裏にさっきの嫌な想像が甦《よみがえ》る。

おいおい、勘弁してくれよ……。

「なぁ……つまりここは結婚式場ってことだよな？　で、アンタが神父」

「ソウデ～ス」

「そして俺はタキシード姿」

「ソウデスネ～♪」

「ひょっとして……結婚するのは俺？」

「オフコース。モチロンナノデ～……ッテ、新郎サン？」

俺は脱兎《だっと》の如《ごと》く駆け出し、教会の入り口の扉から出ようとした。

しかし扉が開かない。鍵が掛かってるとかそんな風でもない。

まるで壁に扉っぽい絵を描いて取っ手を付けたかのようだ。

「無駄デ～ス。ココハ教会ッポクテモ教会デハアリマセンカラ」

鬼に溜息《ためいき》交じりに言われた。……どうやら抗《あらが》っても無駄なようだ。

仕方なく鬼の神父の近くに戻ると、彼はニッコリ笑顔で告げた。

「出口ナドアリマセン。ナニセココハ境界ノ教会」

「そのネタ好きだな!?」

しっかし、これは一体どういう状況なんだ？

自分が死んでるってことさえ納得できてないのに、その上いきなり結婚だって？

夢なら醒《さ》めてほしいんだけど。

「だいたい俺はまだ十五歳なんだけど？」

「ダイジョブデ～ス。ソモソモ……」

「あーもう鬱陶しいからそのしゃべり方はやめろ！」

「仕方ありませんね。それでは普通に喋《しゃべ》らせていただきます」

「今度は無駄にダンディーになったな！」

無駄に渋い。大塚明夫さんばりの渋い声だった。

「そもそも現世の法は冥界では適用外なのです。だから結婚に支障はございません」

「支障もなにも、こっちに結婚する意思はないんだけど⁉」

「まぁ貴方様《あなたさま》はそうでしょうけど、『冥婚届』は新婦様方から提出されてますし」

メーコントドケ？　それに新婦様って？

あっ……そういえば結婚って事は相手がいるんだ。

「なぁ、俺は一体誰と結婚するんだ？」

「あーそれでしたら、ほら、もう到着なさいました」

そのとき、さっきまで書き割り同然だった教会の扉が開け放たれた。

そこから光が溢《あふ》れ出す。……眩しい。

まるで真っ正面からスポットライトを浴びたようだ。

と、その光の中に人影があった。

ゆっくりこっちに向かって歩いてくる。

その人物はウエディングドレスを着ているようだった。

俺の横に立ったとき、ようやくその姿を見ることができた。

純白のウエディングドレス。艶やかな長いブラウンの髪。

手には真っ白い花のブーケ。

ベールに透けて見える顔立ちは整っていて相当な美少女だった。

歳《とし》は俺とさほど変わらない気がする。
十五、六といったところか。日本での結婚可能年齢としては十八に引き上げられる前であってもギリギリなところだろう。
俺はそれでも完全にアウトなんだけど……。

唖然《あぜん》とする俺を余所《よそ》に、獄卒鬼は話を進めた。

「さて、新郎新婦が揃《そろ》ったところで『冥婚式』を執り行いましょうかね」

そういえば、さっきからメーコンがどうのこうのって言ってたっけ。

「なんなんだ？　そのメーコンって」

「冥府の結婚《ゲルレル》だ。そんなことも知らないのか？」

俺の質問に答えたのは隣にいたその女の子だった。

可愛《かわい》い顔して尊大な口調だ。ちょっとムッとくる。

「……そんなの聞いたことないぞ」

「はぁ？　お前はどこの国の生まれなのだ？」

「日本だよ」

「にっぽん……日本《ヤポン》!?　カレムスタンではないのか!?」

「はぁ？　どこだよ。カレムスタンって」

「ユーラシア大陸の内陸部にある遊牧国家です。少数民族であるカレム族の国で生活スタイルはモンゴル系の遊牧生活なのですが、文化・思想的には歴代の中華王朝の影響も受けています。名前も漢風ですし、儒教や仏教などが盛んです。言語はモンゴル語と共通する単語を持つ独自言語のカレム語ですね」

獄卒鬼が補足してくれたけど、やっぱり馴染《なじ》みのない名前だった。

そんな横で女の子は頭を抱えていた。

「なんてことだ。よりにもよって外国人と冥婚するなんて……」

外国人って、俺から見たらお前も十分外国人なんだけどな……。

「あれ？　でもなんでこいつの言葉がわかるんだ？」

「それはですね、冥府にゃ学校も国籍も言葉もない、からです」

あのアニソンみたいだな……あの世にもマンガやアニメってあるのかな。

水木先生やF先生や石ノ森先生もいるし、読み物には困らないだろう。

そんなことを考えているとその女の子が俺のことを睨《にら》んでいた。

「冥婚を知らないなんて信じられん。ヤポン……日本って儒教の影響を受けている国だったはずではないか。それでどうして冥婚のシステムを知らないのだ？」

「日本で冥婚の風習が残っているのはごく一部の地域のようです」

またも獄卒鬼が補足するとその女の子は「はぁ……」と溜息を吐《つ》いた。

「どうして冥婚も知らないような不敬の民と結婚しなきゃならんのだ……」

む、そこで肩を落とされるのもムカツクな。

言い返そうとしたとき獄卒鬼が俺たちの間に割って入った。

「これから結婚する方々がこんなことで争ってはいけません」

「俺は納得してないんだけど？」

「まぁまぁ。不肖、この私が冥婚についてご説明致しますので」

獄卒鬼は俺を宥《なだ》めると冥婚についての説明を始めた。

「儒教の思想において子が親を敬うことを『孝』といいます。日本でも『親孝行』と言いますよね。そして儒教世界では最大の不孝は脈々と続いてきた『家を絶やすこと』だと言われているんです。つまり子供を残さないことは親不孝なんですね。昨今では人権問題で訴えられそうな思想ですが、儒教圏の結婚形態は複雑なんです。他にも血縁関係はなくても同じ苗字《みようじ》の人間と結婚すると近親相姦《そうかん》と見られたりしますしね」

「はぁ……めんどくさいもんなんだな」

「めんどくさくなどない！　家を残すことは大事なことだ！」

さっきまで沈んでいたその女の子が食って掛かってきた。

「【他人の子は茶色の腎臓がある、自分の子は脂肪の腎臓がある】という。人がもっとも頼りになるのは家族なのだから、家を絶やすことこそ不敬にあたろう」

「そんな言葉は知らないし……家が絶えるのも仕方のないことなんじゃ？」

「貴様、それは祖霊への冒瀆《ぼうとく》だ！」

「いまどき子供を産まないヤツに存在価値無しみたいな考えの方が問題あるだろ！」

似たような発言して大炎上した政治家とかいろいろ知ってるぞ。

睨み合う俺たち。そんな俺たちの間にまた獄卒鬼は割って入った。

「二人とも落ち着いて下さい。亨《とおる》様（俺の名前）におかれましてはこれも文化の違いによるモノとご理解ください。メイユエ様、ここで亨様と仲直りされませんと冥婚は不成立になってしまいます。それこそあなたの言う不敬なのではありませんか？」

「うっ……わ、わかった」

女の子は渋々ながら押し黙った。ふ〜ん……このやたらアタリの強い女の子はメイユエっていうのか。たしかに中国っぽい名前に聞こえる。

だけど冥婚ってそれほど大事なことなのか？

「さきほども申しました通り、メイユエ様の国では血筋を絶やすということは最大の不敬に当たるのです。つまり親よりも早く亡くなったいまのメイユエ様は、親不孝者ということになるのでございます。ここまではご理解頂けますか？」

「……なんとか」

メイユエが悔しそうに唇を噛《か》みしめている様子からすると、そうなのだろう。

自分が死んでることを受け入れ始めてる自分が怖いな……。

「で、それが俺の結婚となんの関係があるんだ？」

「つまりですね。親不孝を働いたメイユエ様は、メイユエ様の国の価値観では地獄行きなのです。結果的に家を絶やしてしまったわけですからね。ですから子を失った親としてはなんとか子を地獄行きにはしたくない、と思うわけです」

「はぁ……まぁそうだよな」

日本だって死者の冥福を祈るために法事を行ったりするし。

「そこで考え出されたのが冥婚なんです。人形や生者の名前を借りるなど方法はいろいろございますが、メイユエ様の国の風習では歳が近い未婚の死者を捜し出し、あの世で祝言を挙げさせることを意味します。つまり死者同士を結婚させてしまおうという考え方ですね。そうすればあの世で家を残すことができるわけですから」

「えっと……つまりこいつが地獄行きにならないために結婚するのか？」

「そうなりますです。はい」

「俺、まだ十五歳なんだけど？」

「ですから、冥府にゃ学校も……」

「それはもういい！」

なんだか頭が痛くなってきた。

「話を聞く限り結婚相手を選ぶのはこいつの両親ってことだよな。どうして……なんとかスタンとかいう国の人間が、日本の俺を結婚相手に選ぶんだよ」

「カレムスタンだ！……死んだとき、日本にいたからだ」

メイユエが悔しそうに呻《うめ》いた。

「あんまり憶《おぼ》えてないが、死んだとき私は日本にいたのだろう。私の母は日本人で、仕事の関係で日本とカレムスタンを行ったり来たりする人だったから、今回は私も日本に付いていった……ような……そこでなにかがあって死んでしまったのだろう」

記憶が曖昧なのか、メイユエは首を捻《ひね》りながら言った。

「だからって、なんで俺なんだ？」

「さぁな。たまたま担ぎ込まれた病院に、同じタイミングで死んだ歳が近い其方《そなた》がいただけの理由じゃないか？　きっと其方の親御さんに頼んだんだろうさ」

親御さんって……いまの俺の家には妹しかいないはずだ。

親父《おやじ》は仕事の関係で世界を飛び回ってるし、母はすでに病気で亡くなっている。

となると、事後処理は全部妹がやったのか。

歳の割にしっかりしてるからそつなくこなすだろうけど。

「で、俺はお前に協力しなきゃいけないのか？」

「そ、そうだ。私にも不満はあるが、不敬にはなりたくないし」

「それはそっちの都合だろ？　俺の国にそのシステムはない」

どっちにしたって俺の知ったことじゃない。

そう突き放そうとしたとき、

「メイユエ様の国では冥婚を申し込んだ家は相手の家に多額の金品を送ります」

いきなり獄卒鬼《ごくそつき》がそんなことを言い出した。

急になにをと思ったけど、すぐにその意味に気が付いた。

「まさか……須玖瑠《すぐる》が冥婚を了承したって事か？」

「はい。冥婚は双方の家の同意が必要ですので」

「俺ってば妹に魂を売られた!?」

「はい。結構な額の報酬を頂いたそうです」

なんつーこった！　そこまでするか、我が妹よ！

歳に似合わず経済観念がしっかりしている妹のことだ。有り得なくはない。

「それでは亨様、合意とみてよろしいですね？」

「すでに拒否権なんてないんだろ。ならせめて残された妹の生活費になるよ」

「ご理解頂きありがとうございます」

そして獄卒鬼は祭壇の前に立つと片手を挙げて宣言した。

「それではお二人とも冥婚式を執り行います。どうぞ前に」

俺たちは言われるがままに新郎新婦のような位置に立った。

「なお今回はメイユエ様のご希望により西洋式で執り行います」

「これはお前の希望だったのか!?」

「い、いいだろ！　私だって『六月の花嫁』に憧れていたんだ！」

「あー、いま六月か……でも、お前の国《ホニ》の結婚スタイル《ウフル》じゃなくていいのか？」

「カレムスタンの結婚式は羊や牛を大量に出して、(殺して、という意味) 飲め食え歌えの大騒ぎだぞ！　焼き肉臭のしないオシャレな結婚式を挙げてみたかったのだ！」

「意外と乙女チックなんだな」

結婚式＝焼き肉パーティーか……異文化だなぁ。

飲めや歌えの饗宴《きょうえん》もそれはそれで楽しそうだけど。

「あー、お二人とも続けますよ」

獄卒鬼はコホンと一つ咳払《せきばら》いをした。

「あ、すいません」

「えーそれでは、新郎亨殿。あなたは病めるときも健やかなるときも、富めるときも貧しいときも、彼《か》の者を伴侶とし、慈しみ、愛することを誓いますか？」

「……誓います」

これでいいのだろうか。獄卒鬼を見ると満足そうに頷《うなず》いていた。

「えー、新婦メイユエ殿。あなたは病めるときも健やかなるときも、富めるときも貧しいときも、彼の者を伴侶とし、慈しみ、愛することを誓いますか？」

「誓おう。【言った言葉に主《あるじ》となり、食べた食事に器となる】ように」

「なんだそりゃ？」

「一度口にしたことは曲げない。それが言葉であっても食事であっても」

……なんというか、さすがだな。腹の括《くく》り方が違う。

「さてお二人とも、本来ならここで指輪の交換なのですが、さすがに用意できなかったので省略させていただきます。というわけで新郎新婦は誓いのキスを」

は？　キス？　そういやこれって結婚式だっけ。

キスと聞いた瞬間、メイユエの肩がビクッと震えたのが横目で見えた。

さすがに伝統を重んじるため、不敬にならないためとはいえ、会ったばかりのヤツとキスする覚悟まではなかったか。まあ当然だろう。……仕方ない。

「指輪もないんだし、省略することはできないのか？」

そう助け船を出すと、驚いたメイユエの顔が跳ね上がった。

そんなに驚くようなことかな……。

俺だって嫌がる相手と無理矢理ってのは気が引ける。たとえファーストキスさえ済ませないまま死ぬことになってもだ。男としてこの一線だけは越えたくない。

しかし獄卒鬼は残念そうに首を振った。

「申し訳ありませんがこれ以上譲歩することはできないのです」

「譲歩って……他になにを譲歩してるってんだよ」

「現代日本の結婚は書類の受理ですよね？」

「ああ。役所が書類を受理すれば式無しでも夫婦になれる……んだっけ？」

「カレムスタンの場合、その……〝実質的な結婚〟という形になって初めて夫婦と認められるのですよ。実質的に、というのは……肉体的にという意味でして……」

「皆まで言うな……」

え、それってつまりアレなことをしないといけないわけ？

肌と肌を重ね合わせて（自主規制）や（自主規制）なことを？

隣のメイユエを見るとベールの上からでもわかるくらい紅潮してるのがわかった。

ＯＫ。とりあえず冷静になれ……って、やっぱ無理！

「どうしてお前んとこの結婚形態ってこんなに厄介なんだよ！」

「仕方ないだろ！　日本だって昔はそうだっただろうが！」

「平安時代の話だ！　いまの元号なんだと思ってるんだ!?」

「平成なんて一文字違いじゃないか！」

「令和だ！　平成だとしても千年違うわ！」

「さずかり婚だって既成事実の上でしてるんだから同じだろ！」

ヒートアップする俺たち。

やっぱり俺とこいつはどうにも馬が合わないみたいだ。

結局また獄卒鬼が割って入る事態になった。

「落ち着いて下さいお二人とも。とにかく、そこの部分をキスにまでオマケしてるんですから、こちらとしてもこれ以上は譲歩のしようがありません」

「キスしないと冥婚が成立しないってことか？」

「はい。魂を結びつける儀式なのです。本来はマグワウべきなのですが……」

「いや、それはもういいから……」

しっかし本格的に参ったな……。

キスかマグワイかと聞かれたら迷わずキスを選ぶけど、それだってお互い乗り気じゃない状況でするようなことなのだろうか。

こんな茶番は切り上げたいところだけど……と、俺はメイユエを見た。

「……」

顔を真っ赤にして肩を振るわせているけど、決して否とは言おうとしなかった。

茶番であっても、好きでもない相手でも、納得できなくても、不敬にならないために一生懸命こなそうとしている。

そんなこいつの覚悟を無駄にしてしまって良いのだろうか？

あぁもう、わけがわからない。ならいっそ……。

「メイユエ！」

「な、なんだ!?」

驚くメイユエのベールを捲《めく》り上げた。初めて直接メイユエと見つめ合う。

その距離はもう一メートルを切っている。やばい。

遠めで見たときから綺麗《きれい》な子だとは思ったけど、間近で見たメイユエは美少女って呼べるほど可愛《かわい》かった。色白の肌は光を受けて輝いているように見える。

そんな色白の肌で、色づいている唇に自然と目がいってしまう。

くりくりとした目は愛らしいが、そのうちに意志の強さを秘めていてまるで炎が揺らめいているようだ。その瞳が俺の顔を映していて、ドキドキする。

「な、なんだ？　なにをする気なんだ？」

その瞳が困惑の色に揺れている。

ああもう、いまさらそんな女らしい顔をするなよ。

これからやろうとしていることを思うと罪悪感で胸が押し潰されそうだ。

だけど、ここで躊躇《ちゆうちよ》していても埒《らち》があかない。

もう死んでるんだし、死ぬ気の覚悟を見せろ、俺！

「ごめん。少しの間だけ、我慢しててくれ」

「ちょっ……む！」

罪悪感に苛《さいな》まれながらも、俺はそんなメイユエの唇に自分の唇を押し付けた。

メイユエも驚いたみたいだけど、そこで決心が付いたのか儀式と割り切ったのか、そのままじっと動かなかった。色っぽさもないただ唇を合わせただけのキス。

そんな体勢の俺たちは固まっていた。

ようやく数秒が経《た》ったころ、獄卒鬼が咳払いをした。

「あ、もう結構です。ありがとうございました」

言われた瞬間、お互いにバッと離れた。

四メートル以上も間が離れている。顔が熱い。多分真っ赤だろう。

それはメイユエも同じだった。

「その……ごめ」

「謝るな！……私こそ、気を遣わせてすまなかった」

お互い顔が合わせ辛《づら》いのでそっぽを向いている。

あーもう、やったらやったでなんでこんなテンパるんだよ！

そんな俺たちの様子に構わず獄卒鬼は事務的に話を進めていた。

「はい。これにて冥婚の儀式は済みました。おめでとうございます」

おめでとうございます、と言われてもこっちに実感はない。

「冥婚ね……これでなにが変わるんだ？」

「わ、私に聞くな。冥婚したあとの事なんて知らん」

そりゃそうか。死んだ後のことだしな。

「結局、俺たちはどうなったんだ？」

獄卒鬼に尋ねると、彼は「そうですね」と思案顔になった。

「いまは魂の一部が結びついている状態ですね。このまま一つの魂として天上界へ上ることもできますし、生まれ変わりたいのであれば来世でお二人を繋《つな》ぐ縁にもできます。生まれ変わる際には記憶も消去されますので、お二人が実感することはありませんが」

「どのみち死んだことは確定なんだな……」

あらためて実感させられると結構へこむな。十五年か。

やりたいこととか、やれていないこと。

まだたくさんあったんだけどな……。

「まぁそう気を落とさずに。みんないずれ死ぬんですから」

「それ、フォローしてるつもりか？」

メイユエはどう思ってるのだろう。

と、見るとメイユエの身体《からだ》が輝きだしていた。

「ちょ、メイユエ、その身体どうしたんだよ!?」

「お、お前もだぞ、トール！　なにがどうなっているのだ!?」

言われて見下ろすと、たしかに俺の身体も輝いていた。

もしかしてこれって成仏なのか？

「わわわわわ、どうしましょ！」

そんな横で獄卒鬼《ごくそつき》が俺たち以上に驚いているようだった。

尋常じゃないその表情にこっちまで不安になってくる。

「まさかお二人……ももも、もしかして私、大変なことをしちゃいましたか!?」

「お、おい。なにをそんなに慌ててるんだよ!?」

「不安になるからやめてくれないか!?」

俺とメイユエが揃《そろ》って抗議したけど、獄卒鬼は聞いていないようだ。

「しかも二人ともなんて、これじゃあ魂が結びついたまま現世に返しちゃうことになります！　あぁもう、いくら人材不足だからって事務処理をバイトに任せるからですよ！」

「冥府ってどこのフランチャイズだよ！　いや、それより俺たちどうなるんだ!?」

「お二人には朗報……になるのでしょうか？　とにかく現世に戻れます」

それって、生き返れるってことか？　それは朗報だけど……。

「じゃあさっきの冥婚とかはどうなんだよ」

「そうなんです。二人の魂はすでに結びついてしまっているので、そのまま返すしかありません。つまりあなた方は一つの魂で二つの身体に還《かえ》ることになります」

説明を聞いている間も俺たちの身体は光となって消え始めていた。

ちょっと待て。このままだともの凄《すご》く後味が悪いことになりそうだ。

「教えろ。それってどういうことなんだ？」

「なんと申しましょうか。お二人は〝離れられなく〟なります。魂的に」

「はぁ!?　それはどういう……」

そこまでで俺の意識は徐々に光に呑《の》まれていった。

薄れゆく意識の中で獄卒鬼の声が響く。

「お二人にはご迷惑をおかけしました。以後、このようなことのないよう教育し、再発防止に努めて参ります。この度は誠に申し訳ございませんでした」

くそっ、最後までお役所対応しやがって。

1，とんぼ返りの黄泉帰り？

目が覚めたとき、俺の顔になにかが覆い被《かぶ》さっていた。

なんだこれ？

手にとって見ると枕カバーくらいの大きさの白い布だった。

取りはずして起きあがるとなんだか首の後ろが痛かった。

それに身体が硬い。全身の関節が軋《きし》んでいる。まるでしばらくメンテされていなかったのに、急にスイッチを入れられたブリキのロボットのような気分だ。

身体中がギクシャクしている。油を差してくれ。

「それにしても……ここはどこなんだ？」

首をコキコキと鳴らしながら周囲を見回してみる。

見覚えのない部屋だった。

ベッドと枕元に百合《ゆり》の活《い》けられた花瓶。あれは仏壇か？

窓は厚手のカーテンで閉められていてもの凄く暗かった。

大凡《おおよそ》人間の生気というものを感じさせない風景が少し寒い。

そんなとき入り口の扉が開き、誰かが中へと入ってきた。

小柄な影。その人物は扉脇の壁をゴソゴソと探り始めた。

部屋のスイッチを探しているのだろう。

すぐにカチッという音と共に、部屋が明るくなった。

「兄さん。本当に起きたんだ……」

「須玖瑠《すぐる》？」

そこに立っていたのは妹の志田《しだ》須玖瑠だった。中学二年生。

血の繋がった妹ではあるが顔も性格もあまり似ていない。

俺が親父《おやじ》似で、須玖瑠は母さん似だからだ。

あまり感情を表に出さず、いつもどこか眠たげな顔をしている。

ただ今日はそれでも少し（本当に少しだけど）なにかに驚いているみたいだった。

珍しいこともあるもんだ。

「どうしたんだ？」

「……兄さん。兄さんはいまの状況を理解している？」

須玖瑠はこういう喋《しゃべ》り方《かた》をする。

言葉足らずというかなんというか。

「状況？　そういやここはどこなんだ？」

「ここは、霊安室」

「……パードゥン？」

「ディス・ルーム・イズ・モーチュアリー（霊安室）」

「……リアリィ？」

なんか初級英会話のようなやりとりをしてしまった。

いま須玖瑠は『霊安室』って言ったよな。

霊安室ってあれだよな。

病院なんかで死体を安置しておく場所のことだよな。

確かにこの生気も飾り気もない部屋はそんな雰囲気だった。ってことは枕元にあるこの布は死者の顔を覆う布で、それが顔の上に載っていたということは……。

「え、俺、死んだの？」

「死んでいた、と言ったほうが正確」

「なんで⁉」

「交通事故。車に轢《ひ》かれて『綺麗な顔してるだろ、死んでるんだぜ』」

「再放送の度に殺される双子の弟と一緒にするな！」

須玖瑠は「しわとしわを合わせて幸せ、なーむー」と某仏壇仏具店のCM少女のような感じで合掌していた。縁起でもないからマジでやめて欲しい……。

そんなとき、不意に『境界の教会』での出来事を思い出した。

そういえば獄卒鬼に自分が死んだことを告げられ、そしてメイユエとかいう女の子と冥婚ってのをさせられたんだっけ。

「そうだメイユエ！　メイユエって女の子はこの病院にいないか！」

「それは……美月《みづき》さんのこと？」

「ミヅキさん？」

「『張美月』と書いてチャン・メイユエと読む。さっきまでここで死んでいた」

「あってるんだろうけど酷《ひど》い言い方だ」

「兄さんより先に目を覚まして、いまはお付きの人と一緒に一般病棟に移っている」

「須玖瑠はどこまで知ってるんだ？　その……俺とメイユエのこと」

「冥婚のこと？」

やっぱり知ってるのか。

獄卒鬼も双方の家の同意って言ってたからな……。

「こっちでは一体なにがあったんだ？」

「べつに……美月さんのお付きの人が冥婚に使うから兄さんの名前を貸して欲しいって言ってきただけ。冥婚っていうのはよくわからなかったけど、現世で女の子に縁がなかった兄さんだから、あの世でお嫁さんをもらうのも良いかと思って承諾した」

「気遣いが胸に痛い。っていうか謝礼目当てじゃなかったのか？」

「……そんなことない」

いまの間はなんだよ。バツが悪そうに目を逸《そ》らせてるし。

白い目で見ていると須玖瑠はプンスカ（あまり表情に変化はない）と怒り出した。

「そもそも勝手に死んだのは兄さんのほう。残される者の身にもなる」

「うっ……」

「兄さんが死んだら。家事を全部一人でしなきゃいけない。面倒」

「え、俺の存在価値ってそれだけなの!?」

淋《さび》しいとも思ってくれないのか、妹よ。

なんかものすごく悲しくなってきた。

……はあ。俺は須玖瑠の頭に手をやるとポンポンと軽く叩《たた》いた。

「なに？」

「いや、心配掛けたみたいだからさ。悪かったよ」

「……」

顔色一つ変えなかったけど、須玖瑠は黙って頭を差し出していた。

そんなとき、不意に奇妙な感覚が俺の身体を襲った。

「な、なんだ!?」

「兄さん？　どうしたの？」

「わからないけど……身体が引っ張られているみたいで……」

違う。引っ張られているのは身体じゃない。

（これは……っ）

次の瞬間、俺の意識が身体から引き剝がされていた。

振り返ると、ベッドに崩れ落ちる自分の身体が見えた。

動かない。ただの屍《しかばね》のようだ……って、それを見つめている『俺』はなんだ!?

これじゃあまるで幽体離脱じゃないか。

……なんだかヤバめな予感がする。

とにかく身体に戻ろうとしたけど、なぜか前に行けなかった。

見ると俺の首には首輪のようなモノが付いていた。

それから鎖のようなモノが伸びている。

どうやらこの鎖のせいで前に進めなくなっているらしい。

その鎖は霊安室の壁を突き抜けていた。

一体どこに繋《つな》がっているのだろう。

「兄さん？　兄さん？」

須玖瑠が動かなくなった俺の身体を揺すっていた。

どうやら須玖瑠には『ここにいる俺』の姿は見えないらしい。

どうにかして戻らないと。となれば……。

（やっぱりこの鎖を辿《たど》っていくしかないか……）

とりあえずその鎖を手繰って行くことにした。

動いてみてわかったけど、どうやら首に纏《まと》わり付いているこの鎖は距離に応じて縮んでいくらしい。鎖が余ってジャラジャラ引き摺《ず》る羽目にはならなかった。

伸縮自在のゴムひものようなモノなのかもしれない。

どうやらいまの俺は幽霊みたいなモノ（もしくは幽霊そのモノ？）らしく、霊安室の壁を簡単に擦り抜けていった。

足を使わずにスライドで動けるのは、さすが幽霊クオリティってところか。

壁に邪魔されることなく並んだ病室を突っ切っていく。

高齢化社会なだけあってどの病室も老人たちばっかりだった。

そうして進んで行くと、鎖がある部屋の前へと導いた。

まだプレートが掛かっていない病室。

（ここにメイユエが居るのだろうか？）

そう思って扉を擦り抜けた先。

「　えっ？　」

最初に目にしたものはメイユエの半裸姿だった。

◇　◇　◇

一人きりの病室。

私は患者用のガウンから着替えながらさっきまでのことを思い出していた。

目が覚めたとき、私は霊安室という場所に寝かされていた。

どうやら病院で死んでしまった人を一先《ひとま》ず安置しておくための部屋らしい。

顔に掛かっていた布を取りはずして身体《からだ》を起こすと、飛文《フェイウェン》と十代前半くらいの見慣れぬ女の子が呆気《あっけ》にとられたような顔をしてこっちを見ていたっけ。

その表情から、ああ私は本当に死んでたんだなと実感する。

二人とも、文字どおり〝死体が起き上がったのを見た〟ような顔をしているし。

『っ!? お医者さんに知らせてくる!』

女の子は慌てた様子で部屋から飛び出ていった。

それを半覚醒の頭でぼんやりと見送りながら、私は飛文に尋ねた。

『飛文……私は、死んでたの?』

『っ! 憶《おぼ》えておられないのですか?』

飛文が目を丸くしながらそう尋ねてきた。そういえば……死んでからのアレやコレやは憶えているのに、死んだときのこととかは思い出せないな。

境界の教会でのことならちゃんと思い出せるのに……っ!

『そうだ、トールは!? トールはどうなったのだ!?』

『トール……志田亨《とおる》さまのことですか? それでしたら……』

飛文は私が寝かされていた寝台の、隣の寝台を指差した。

そこには私と同じように顔に布を被せられた若い男性が寝かされていた。その姿を見て、私は自分の顔に掛かっていた布が幎冒《べきぼう》(死者の顔を覆う布)だったことを知る。

私は寝台から飛び降りると、そいつの幎冒を剝ぎ取った。

『お嬢様!?』

驚く飛文に構わず、眠っているようなそいつの口元に耳を近づける。

スー……スー……。

（……良かった。息をしている）

どうやら私だけでなく、トールもちゃんと息を吹き返したようだ。

私は顔を離すと、そいつのおでこに手を当てた。死体のようにヒンヤリしているが、それでも徐々にだが熱を帯びていってるのを感じる。トールの命の鼓動を。

（……うぅ）

ホッとしていると……なんだか胸の中にむずむずとした感情が沸き上がってくる。

穏やかなトールの寝顔を見ていると、あの世での出来事を思い出すのだ。

あの世で挙げた結婚式。重なった唇の感触。

死後の出来事とはいえ、私とトールはたしかに夫婦の契りを結んだのだ。

現世の出来事ではないとはいえ、その事実はむず痒《がゆ》かった。

（ああもう、こいつとどういう顔をして会えば良いんだ!?）

私は熱くなった自分の頬を押さえた。

現世への生還を喜び合えばいいのか、心の準備を済ませる前にされた口付けに文句を言えばいいのか、でも結果的にだがそのお陰で生還できたのだから感謝すれば良いのか、それにしてもムードもへったくれもなかったなと責め立ててやればいいのか……。

様々な感情が胸の中でグルグルと渦巻いている。

『新婦メイユエ殿。あなたは病めるときも健やかなるときも、富めるときも貧しいときも、彼《か》の者を伴侶とし、慈しみ、愛することを誓いますか？』

『誓おう。【言った言葉に主《あるじ》となり、食べた食事に器となる】ように』

頭の中に、獄卒鬼殿との会話が蘇《よみがえ》る。

私はあのとき、トールを夫とすると誓った。

そして一度口にしたことは曲げないとまで言い切ったのだ。

文字どおり死んだような気になっていたため、もう失うものなどなにもないからと口にした言葉。そのような言葉であっても曲げたくなかった。そうでなければ、こちらの事情のために私と冥婚してくれたトールに対して不誠実すぎるからだ。

（つまり私はもう……妻、なのだな）

今年で私も十六歳。そろそろ本格的に相手を探すころだとは思っていた。

しかしこんなに急に、しかも異国の男の子と結婚することになるとは……。

私はまだ目を覚ましていない夫（仮）を見下ろした。

私をこんなにむずむずさせているのに、当の本人は暢気《のんき》に寝息を立てている。

『………』（イラッ）

私はトールの鼻を摘《つ》まんだ。急に鼻呼吸ができなくなったトールは『ふごっ』と情けない声を上げげた。……ふふっ、ちょっと面白い。

『あの……お嬢様はなにをなさってるのですか？』

『っ!? な、なんでもないぞ』

飛文に呆《あき》れと困惑が混じった顔で言われて、私は慌てて首を振った。

『そんなことより、聞いてほしいのだが……』

私は飛文と駆け戻ってきた女の子（トールの妹でスグルというらしい）に、あの世での出来事を説明した。当初は二人とも疑わしく感じていたようだけど、冥婚の件を説明すると納得してくれた。冥婚をとり仕切ったのは飛文で、同意したのはスグルだし、死んでいたはずの私がそのことを知っていること自体が冥婚が行われた証《あかし》だった。

その後はトールのことはスグルに任せ、私は医者に身体を診てもらうことになった。

結果は異常ナシ。死ぬほどのケガを負ったはずなのに健康そのもので、一旦は一般病棟に移されたが本日中には退院できるとのことだった。

『飛文。冥婚のことなのだが……』

『なんでしょうか？』

一般病棟（個室）のベッドに腰掛けた私は飛文に尋ねた。

『二人揃《そろ》って蘇生《そせい》したのだから、解消はできないのだろうか？』

『……前例が無いことなので判断が付かない部分もありますが、無理かと思います』

飛文はあっさりとそう言った。

『そもそも、儀式に蘇生されたときのことなどは想定されていません。あの世での出来事とはいえ、あの方とお嬢様は紛れもない夫婦です』

『うっ……そうなるのか……』

『まあ関係者に口止めをして、冥婚関係のことを秘密にすることもできなくはないでしょうが……でも、冥婚がお嬢様の蘇生に関わっている以上、それを否定することでどういう不具合が発生するかもわかりませんのでオススメできませんね』

……まあ、さっき飛文も言ったけど想定外の事態だしな。

『つまり、解消はできないと』

『そうですね。お嬢様の意思ではどうにもならないかと』

『そうか……』

『一先ず、奥様や汗《ハン》様に報告してきます。着替えはここに置いておきます』

そう言うと飛文はソソクサと出て行った。

そしていまに至るというわけだ。私は患者用のガウンを脱ぎ捨て、着慣れた我が国の装束に袖を通そうとした……そのときだった。

「「………」」

◇　◇　◇

目の前に、なにやら半透明で宙に浮いているトールが居た。

目の前に下着姿で、日本ではあまり見慣れないタイプの服（多分、民族衣装）に袖を通そうとしているメイユエがいた。

きめ細かいツヤ肌と、均整のとれたボディラインに目を奪われる。

お堅い口調の割に、とても女の子らしいラインをしている。

するとメイユエの首にも首輪のようなモノが付いていることに気付いた。そして俺の首輪から伸びた鎖は、メイユエの首に巻かれた首輪のようなモノと繋がっている。

これってどういう……。

「きゃあああああ！」

俺の思考はメイユエの絶叫にかき消された。

メイユエの投げた枕が高速で飛来する。

その枕は俺の顔面を擦り抜けて後ろの扉にバンッと当たった。

擦り抜けるのを見た瞬間、メイユエは目を丸くしていた。

まあいきなり幽体状態を見たなら当然か。

とりあえず事情を話そうとしたとき、なぜか背筋がゾクリとした。

振り返るとピシッとしたビジネススーツの女性が立っていた。

外国人っぽい褐色の肌。歳《とし》は二十代前半くらい。線が細く、キリッとした目。

そして淡い色の髪を持った綺麗《きれい》な人だった。

「私に気取《けど》られることなく侵入したのですか!?　一体どこから！」

『いや、侵入したもなにも……』

「黙れ！　不埒者《ふらちもの》は死をもって償いなさい！」

『自分で聞いといて!?』

次の瞬間、俺の首元をなにかが通り過ぎていった。

まるでアゴの下を風が吹き抜けていったみたいだった。

なにが起きたのかわからず呆然としていると、その女性の手にはいつの間にか艶《なま》めかしい光を放つ湾曲した小刀が握られていた。えっ、ちょっと待て。

もしかしてこいつ、俺の首を狩ろうとした!?

幽体じゃなかったら死んでるぞ！　いや死んでるようなもんだけど！

『幽体万歳、じゃなくて！　メイユエ、この暗殺者《アサシン》はお前の知り合いか!?』

「あ、ああ。私の従者で『趙飛文《チャオ・フェイウエン》』だ」

従者？　ボディガードってこと？　いきなり切りつけるとは物騒な……。

飛文は自分の小刀を見ながら訝《いぶか》しげに首を傾《かし》げていた。

「手応えがない……」

『幽体だからね！　実体だったら首落ちてるよね！』

「小刀で首を狩るのは難しい。狙ったのは頸動脈《けいどうみやく》だけです」

『どのみちスプラッタじゃん！』

なんだこの人。天然なのか？

飛文は小刀をこちらに向けて構えていた。

「そこなる者……あなたは何者ですか？」

『俺？　志田亨《しだとおる》だけど』

「とおる？……亨殿！」

飛文は急に小刀を仕舞うとその場に跪《ひざまず》いた。

その急激な対応の変化に俺もメイユエも言葉を失ってしまった。

そんな俺たちに構わず飛文は頭を垂れた。

「ご無礼、平にご容赦を。主殿《あるじどの》とはつゆ知らず」

「『　あるじ!?　』」

俺とメイユエは声を合わせてしまった。

そんな俺たちに飛文は頭を下げたまま、小刀を床に置いた。

「冥婚にてお嬢様と契りを交わせしお相手。即《すなわ》ち我が主君なれば」

そう言えば……須玖瑠《すぐる》は、メイユエのお付きの人に頼まれたから、メイユエと冥婚させることを了承した、とか言ってたよな。

ということは、俺たちを冥婚させたのはこの飛文なのだろうか。

焦ってて気付かなかったけど、普通に俺のことが見えるみたいだし。

『なあフェイ……なんだっけ？』

「フェイウェンです。呼びにくいようでしたら飛文《ひぶん》で構いません」

『じゃあ飛文。聞きたいことがあるんだけど……』

「なんでしょうか」

『冥婚についてのことなんだけど』

そこまで言ったとき、メイユエが顔を真っ赤にして怒鳴った。

「話なら外でしろ！　いい加減着替えさせてくれ！」

抱えた民族衣装で身体《からだ》の前を隠したメイユエが真っ赤になって抗議した。

ああ……そういや半裸なままだっけ。

幽体である限りメイユエに攻撃手段はないのだけど、このままだと清めの塩を撒《ま》かれそう（カレムスタンに風習としてあるかは知らん）なので、飛文と廊下へと出た。

『そういえば飛文は俺のこと見えてるんだな』

「？　はい。それがどうかしましたか？」

『いや見えてる人と見えてない人がいるみたいだからさ』

須玖瑠は見えてなかったみたいだし、すれ違う人に気付かれることもなかった。

『飛文って霊感が強かったりする？』

「そうですね。冥婚を取り仕切れるくらいには」

『ああ……飛文が冥婚させたのか』

俺は早速、さっき聞きそびれたことをもう一度尋ねた。

『冥婚と意識が身体から引き剝がされたこの状況、なにか関係があるのか？』

飛文は少し考え込んだあとで、申し訳なさそうに口を開いた。

「多分ですが……冥婚によってお二人の魂が繋《つな》がっているのが原因だと思われます。つまり主殿とお嬢様の魂が見えない紐《ひも》のようなモノで繋がっているとお考え下さい」

『まあ実際、鎖みたいなモノで繋がっているわけだしな』

俺がそう言うと飛文はキョトンとしていた。

「それは私には見えませんが、ならば間違いないのでしょう。つまりお二人は繋がった状態のまま二つの身体に入っているのです。そうですね……二頭の馬と二人の御者がいるとします。二人の御者の腰を長く丈夫な紐で結びそれぞれの馬に乗せ、そのうちの片方の馬だけを走らせるとします。止まっている方は手綱は握りません。どうなりますか？」

『そりゃあいずれ紐の限界が来て、残った方は落馬して……まさか』

「そうです。主殿の身体からお嬢様の身体が引き離されたので、主殿の魂が身体から引き剝がされることになったのです。もし先に主殿の身体が外に運び出されたとしたらお嬢様の魂が引き剝がされていたことでしょう」

『つまり俺たちは一定以上離れられないってことか！』

くそっ、そういうことか。獄卒鬼《ごくそつき》が言ってたのはコレか。

あんにゃろう、そんな大事なことを……って、いまはそんなことよりも。

『引き剝がされた魂はどうなる？　残された俺の身体は？』

「魂が抜かれた身体は徐々に衰弱していくことでしょう。やがて完全に死に至ります。制限時間はわかりませんが……あなたが死ねば、お嬢様の魂も消滅するでしょう。逆もまたしかり。あなた方はもはや一蓮托生《いちれんたくしょう》なのですから」

ここから霊安室までは精々百メートルか。つまり俺とメイユエが生き長らえるためには、常に百メートル圏内にいなくてはならないことになる。

『そんなの不便でしょうがないぞ』

「それが冥婚というものです」

『本人たちのあずかり知らないところで結ばれた契約なんだけど』

「主殿のご家族からは了解を得ましたが？」

あぁ……そうだった。須玖瑠の了解があったんだっけ。

「それに冥婚を解消する方法もあることにはあります」

「ちょっと!?　それは私も聞いていないぞ!?」

閉じられていた病室の扉がバンと開き、メイユエが飛び出してきた。

着替えは終わったみたいで民族衣装のような赤い服を着ていた。

あの長く艶やかな髪は、うなじのあたりで束ねられ胸の前に垂らされている。

うん。そうやって結んであるほうが彼女の活発さに似合っている気がする。

呆気《あっけ》にとられる俺を余所《よそ》にメイユエは飛文に詰め寄っていた。

「私には冥婚は解消できないって言ってただろう！」

「お嬢様には無理な方法なのです。できるとすれば主殿のほうなので」

　飛文は俺の目をジッと見ていた。

「冥婚とは『現世で子を生《な》すことなく死んだ男女』をあの世で結婚させ、あの世で家を存続させることなのです。つまりこの世で子を生した場合、前提条件が崩れますので冥婚は無効ということになります。なので冥婚を解消したい場合は……」

『まさか……子供を作れってことか？』

「はい。実際に子を生さなくてもそのための『行為』をおこなって頂ければいいのです。つまり肉体的な……さすがに私も口にするのが憚《はばか》られます」

『いや、頬を染められたらなにを言いたいのか丸わかりだから……』

　ようはアレだろ。その……えっと……アンナコトやコンナコトだろ。

　……ああそうさ。伏せ字で誤魔化すようなヘタレだよ。

　俺が心の中で自分自身と葛藤していると、飛文は話を続けた。

「現世での『まぐわい』によって、あの世での契約をキャンセルするんですね。お相手は誰でも構いません。冥婚相手以外の人とでもＯＫなのです。もっともお嬢様の場合、カレムスタンのしきたりがありますので、冥婚とはいえ一度夫婦の契りを結んだ相手以外と肉体的交渉を持つことは不貞にあたります。誇り高き血が流れているお嬢様が、そのような不貞を犯されるはずがありませんよね？」

「と、当然だ！」

　飛文に尋ねられ、メイユエは顔を真っ赤にしながら頷《うなず》いた。

「とのことなので、あとは主殿ということになるわけです。幸い、主殿は自由恋愛が基本原則の国のお方。自分の意思で相手を決めることもできますよね？」

『そりゃあ、やっぱ好きな相手と結婚したいって思うし……』

「つまり冥婚の解消は主殿次第というわけです。勿論《もちろん》、お嬢様との間に子を生して頂けるのでしたらなんの問題もありませんが、」

「問題大ありだ！」

「ありませんが、心当たりのお方はおられますか？」

飛文はメイユエの抗議を聞き流しながら俺に尋ねた。

心当たり……いるわけないだろ。

『彼女とかはいないし、そもそも高校生なのに子供作れって言われても……』

「ならばお二人はしばらくの間、一緒にいるしかありませんね」

「ちょっと待て！」

そんな飛文の言葉にメイユエは俺以上に戸惑っているようだった。

「それじゃあカレムスタンに帰れないではないか！」

ああそうか。百メートル圏内じゃ海を越えることなんてできないもんな。

しかし戸惑うメイユエに飛文はあっさりと言い放った。

「この状況で帰れると思っていたのですか？」

「えっ……」

「日本に主殿が居る以上、私たちはここを離れられません」

「それは……じゃ、じゃあ、こいつをカレムスタンに連れ帰るのは？」

『拉○られるの!?』

「さすがに国際問題になります。それにカレム十氏族の汗《ハン》たる血筋のお嬢様がいきなり異国の男性を伴侶として連れ帰ったら、氏族長たちが大騒ぎになります」

うぐっ、とメイユエは言葉を詰まらせた。

いま、飛文は『ハンたる血筋』って言ってたよな。

ハンってあれか？　チンギス・ハンとかフビライ・ハンとか？

『メイユエってもしかしてものすごく偉いのか？』

「カレムスタンの中では現ハンたる汗様に継ぐ第二位の存在になります。もっとも一氏族は大体百人ぐらいなので、全国民千人の中の第二位ということになるのですが」

『少なっ。うちの高校三つ分くらいじゃん』

たしかうちの高校の生徒数は三百何十人だったたと思うし。

「カレムスタンは人口も少なく、税収もたいして期待できず、天然資源もない草原の国です。さらにカレムスタンがある地は遊牧民族が保有する独自の信仰の中心地となっているため、ここを土足で踏み荒らすような真似《まね》をすれば他の遊牧民族が黙っていません。だから大国にとってこの国は吸収すればするだけ損という厄介な国なのです」

『なるほど、だからそんな小規模でも独立国でいられるのか……』

俺がそう言うとメイユエが犬歯を剝《む》き出しにして怒り出した。

「日本人が多すぎるのだ！　狭い土地しか持たないくせに！」

『いや、それでも少子化って叫ばれてるんだけど？』

「人は大地と共に生きるべきだ」

『どこの天空の城だよ。少なきゃいいってもんでもないだろ』

言い合いを始めた俺たちに、飛文はコホンと一つ咳払《せきばら》いをした。

「とにかく冥婚してしまった以上、お嬢様は国には帰れません」

「その冥婚だって飛文が勝手に仕組んだことだろう!?」

「私は冥婚を仕切りましたが、それは奥様の命によるものでございます」

「なっ！　は、母上が!?」

奥様という言葉を聞いた瞬間、メイユエの顔が青くなった。

なんだかその様子が尋常じゃなかったので、俺はメイユエに尋ねた。

『お前の母さんってなにやってる人なんだ？』

「日本で電化製品を扱っている大手メーカーの社長だとかなんとか……カレムスタンに旅行に来たときに父上と出逢《であ》って恋に落ち、すぐに結婚したんだそうだ。だけど仕事もあるから一年のうち半年ぐらいは日本で暮らしてる。今回初めて私も同行したのだ」

「私はそんな奥様の秘書もさせていただいています」

飛文もそう言って恭しく頭を下げた。

ってことはメイユエは少数民族のお姫様な上に社長令嬢でもあるのか。

二人がさっきから流暢《りゅうちょう》な日本語で話してるのは、その母さんの影響なのか。

そんなメイユエの言葉を飛文は補足した。

「奥様が自社の製品を各氏族に無償で配ったおかげで、カレムスタンではテレビ代わりのプロジェクターが一気に普及しました。ゲル（草原の移動式住居）にエネルギー効率の良い風力発電機とパラボラアンテナを取り付けることによって衛星放送を受信できるようになったのです。それ故に奥様を、陸の孤島であったカレムスタンに『情報』をもたらした『知の女神』と呼ぶ者もいます」

『なんか凄《すご》そうな人だな』

「そうなのだ。だからこそ母上が決めたことには逆らえん」

メイユエは頭を抱えながら溜息《ためいき》を吐《つ》いていた。マジで凄い人らしい。

『でもどうするんだ？　お互いある程度の距離に居なくちゃいけないなら、離れて暮らすわけにもいかないだろ。こっちは一般庶民なんだ。そう簡単には引っ越せないぞ？』

「そのことなのですが、主殿《あるじどの》に一つお願いがございます」

『お願い？』

「はい。よろしければお嬢様と私を、主殿の家に置いていただきたいのです」

「ちょっと待ったああ！」

俺が反応するよりも先に、またメイユエが飛文に詰め寄っていた。

「なんで私がこいつの家で暮らさなきゃならないのだ！」

対する飛文は涼しげな顔をしていた。

「他に選択肢がないからです。この状況では結局どちらかが、どちらかの傍《そば》で暮らさなくてはなりません。お嬢様の家は奥様の仕事場でもあります。部外者を入れるわけにはいきません。だからこそ主殿の家に住まわせていただくのです。幸い妹君の話では一軒家で部屋もたくさんあるとのこと。問題ないかと存じますが？」

「問題大ありだ！　年頃の男と一つ屋根の下など」

「その点は大丈夫でしょう。お二人はすでに夫婦なのですから」

「私が襲われたらどうするのだ！」

襲うか！　とツッコムよりも早く飛文はポンと一つ手を打った。

「そうなればめでたく冥婚が解消できますね。もう一緒に暮らす必要はありません」

「そ、それはそうだけど……あれ？」

メイユエはあっさりと言いくるめられていた。

従者に手玉に取られてしまってる主人……いいのだろうか？

まあ俺だっていきなり他人と一つ屋根の下というのには抵抗はある。

だけど同じ暮らすなら知らない場所に連れれて行かれるよりは、勝手知ったる我が家のほうが良いに決まっている。

『あとは須玖瑠がなんて言うか……』

「妹君ならば問題はないかと。もちろん生活費は多めに入れさせて頂きます」

『あー、それならあいつも納得するだろうね』

俺には『うぇるかむ』と書いたプラカードを掲げる姿が容易に想像できた。


「兄さん。あんまり心配させないでほしい」

身体《からだ》に戻った後で、須玖瑠から静かにじわじわとお説教をされることになった。

若干涙目になっていたので、胸が締め付けられる思いだった。

その後、俺は医者の診察を受けた後でメイユエのいる病室の隣部屋に移された。

診察した医者はしきりに首を捻《ひね》っていた。死亡判定後に蘇生《そせい》することはごく稀《まれ》に起こるらしいけど、二人同時というのは聞いたことがないそうだ。

しかも俺もメイユエも一度死んだとは思えないほど健康そのもの。

身体のどこにも異常は見られなかった。

もともと打ち所が悪かったのが死因だったから目立った外傷みたいなモノはなかったらしいんだけど、それにしたってこの回復は異常だと医者が言っていた。

ともかく身体に異常がないのだから病院に居る意味もない。

俺たちは今日中に退院することになった。

「一度は死ぬほどのケガを負ったはずなのに、なんでこんなに元気なんだ？」

病室の壁にもたれながら飛文に尋ねた。

俺、メイユエ、飛文、須玖瑠《すぐる》は、病室でこれからのことを話し合っていた。

「やっぱりメイユエと冥婚したのが原因なのかな」

「それなのですが……主殿は『タマフリ』というモノをご存じですか？」

知らない言葉だ。メイユエも須玖瑠も首を捻っていた。

「古い霊魂観です。死んだ人の魂はしばらくの間、近くを彷徨《さまよ》っているので呼べば元の身体に戻すことができると考えられていました。魂を呼ぶことを『タマヨバイ』、呼んだ魂を身体に取り込んで抜けでなくさせることを『タマシズメ』と言います」

「それは、人の蘇生法ってこと？」

須玖瑠の言葉に俺とメイユエは顔を見合わせた。

一度死んだ者を生き返らせる。

今回の俺たちの場合と似てるんじゃないだろうか。

飛文は須玖瑠に頷きながら話を続けた。

「そのタマヨバイとタマシズメですが、もう一つの意味があります。それは死者の蘇生だけではなく、遊離している魂を呼び（タマヨバイ）、自分の体内に取り込む（タマシズメ）ことも言うんです。そして取り込んだ魂の力を受けて自分の魂を活性化させることを『タマフリ』と言います。タマフリによって活性化された魂は、異能の力に目覚める場合があります。この国で言えば大国主《おおくにぬしの》命《みこと》が『サキミタマ・クシミタマ』という魂を得て中《なか》つ国《くに》を統べるようになったと伝えています」

　大国主命って誰だっけ？

　スマホで検索したらなんと大黒様のことだった。

「えっと……つまりカレムスタンの『冥婚』と日本の『タマフリ』が結びついた結果、治癒力向上に働いて死者蘇生ができたってこと？」

「たしかなことはわかりません。あくまでも推測です」

　飛文はそう言って肩をすくめた。そりゃそうか。

（そういえば、あのとき……）

『まさかお二人……ももも、もしかして私、大変なことをしちゃいましたか!?』

　獄卒鬼《ごくそつき》が慌てていたのはこのことだったのか。

　だとすると、俺とメイユエが日本とカレムスタンの出身じゃなかったら、あのままお陀《だ》仏《ぶつ》だったのだろうか。それはケガの功名というか、なんというか……。

「どうした？　亨《とおる》」

　気が付いたらメイユエがジッと俺の顔を見ていた。

「いや、べつに。なんでもないよ」

「真面目《まじめ》に考えろ。これからのことなんだから」

　……まったく、どうしてこいつはこうも偉そうなんだろう。

　俺は須玖瑠のほうを見た。事情はすでにある程度説明している。

「須玖瑠はどう思う？　この人たちと暮らすことについて」

「問題ない。父がどういうかはわからないけど、私としては大賛成」

須玖瑠は驚くほどあっさりと了承してくれた。

「まさか生活費目当てじゃないだろうな……」

「それもあるけど、それだけじゃない」

そう言うと須玖瑠はメイユエの腕に抱き付いた。

「実は姉さんというものに憧れていた」

そう言って須玖瑠はメイユエの腕に頬を擦り寄せていた。

須玖瑠のそんな小動物チックな仕草にメイユエも満更でもなさそうだ。

そんな須玖瑠の頭をよしよしと撫《な》でている。

「須玖瑠は愛《う》いな。……兄とは大違いだ」

「お前にだけは言われたくないぞ、義姉上《あねうえ》」

「義姉って言うな！　冥婚はしたが、私はまだお前を夫と認めたわけじゃない！」

「俺だってお前みたいなじゃじゃ馬はお断りだ！」

「なんだとっ！」

額を突き合わせるように睨《にら》み合う俺たちを見て、飛文は嘆息していた。

「こんなことで、これからやっていけるのでしょうか」

「二人は似てる。だから反発する。ただの同族嫌悪」

「須玖瑠殿?」

飛文だけじゃなくて俺やメイユエも須玖瑠を見た。

「二人とも意地っ張り。内心では色々考えていても、それを外に出すのが下手《へた》な不器用さん同士。だから我が強くて引っ込みが付かなくなる」

「「うっ……」」

思い当たることがあったので言い返せなかった。メイユエも同じらしい。

「大丈夫。二人とも素直じゃないけど根はやさしい。相手を思いやることができる。素直になれたなら、二人の絆《きずな》は深く結びつく。それこそ魂レベルで」

「なるほど。【捕らえづらい馬は捕らえづらい馬同士で、跑足《だくあし》の馬は跑足の馬同士で連れ合う】と言いますからね。ふふっ、須玖瑠殿は良い目をお持ちのようですね。この飛文、感服致しました」

そんな二人の会話に居たたまれなくなってメイユエの方を見た。

その瞬間、バッチリと視線が合ってしまった。

「……ふんっ」

メイユエにプイッと顔を背けられた。

やさしい? こいつが?……なにかの間違いだろ。

飛文じゃないけどこれからのことがもの凄く不安になってきた。

【なぜなに？　カレムスタン】

カレムスタンってどこにあるの？

亨　「っ!?　なんか始まったんだけど？」

美月「日本人のほとんどには馴染みのない『カレムスタン』という国がどんな国なのかを解説するコーナーだ。これを機に多くの人に知ってもらいたいと思っている」

亨　「ふ～ん」

美月「亨は質問役だ。なんでも聞いてくれ」

亨　「巻き込まれた!?……それじゃあ、カレムスタンってどこにあるんだ？　獄卒鬼はユーラシア大陸の内陸部って言ってたけど、具体的にはどの辺？」

美月「漢土（中国）、モンゴル、カザフスタン、ロシアに囲まれた草原地帯だな。大国に囲まれてはいるが、周辺の遊牧民族の信仰の中心地となっているため、どこも迂闊には手を出せない土地であり、また人口も少なく資源もないため狙われることもない」

亨　「手を出しても得るものは少なく、むしろ火傷しかねない土地ってことか」

美月「まあそうだな。ただ周辺国とは普通に取引をしているぞ。もともとシルクロードが紛争などで使えないときの迂回路となってきた国だしな」

亨「でも遊牧民族ってあっちこっち移動しているイメージなんだけど、そこまで広くない国土で賄いきれるものなのか？　草とか無くならないの？」

美月「さっきも言ったが人口も少ないからな。当然家畜の数も限られてくる。ただ自国の草で賄いきれないときは、周辺国家の草原を間借りさせてもらうこともあるし、緊急時には余所から仕入れることもある」

亨「越境しての遊牧？　許してもらえるの？」

美月「そこはまあ信仰様々だな。他国人が私たちの国にある廟へ参拝することを許す代わりに、我々も草地を提供してもらっているわけだ」

亨「持ちつ持たれつってことか」

美月「長い歴史、伝統として行われてきたことでもある。……ただなぁ」

亨「ただ？」

美月「そのせいで国境が曖昧な部分があってだな。地図上ではよく省略されるのだ。日本《ヤポン》の地図でもおそらくは省略されていることだろう」

亨「まあ俺も国名すら聞いたこともなかったからな」

美月「うむ。周辺国家も自国の一少数民族ぐらいにしか思っていないのだろう」

亨「ああ……自国民だと思われてるから、越境しても許されてるのか」

美月「それで得してるのだし、独立も保たれているのだから不満はないのだが……少々情けなくもあるな」

2，始まった冥婚生活

Gakusei kekkon shita aite ha bukiyou kawaii yubokuminzoku no hime deshita.

何日かぶりに志田家《わがや》へと帰ってきた。

飛文の話ではすでに荷物は運び込み終わっているとのこと。

空いてる部屋（両親の寝室）をメイユエと飛文の部屋にしたらしい。

メイユエの母親にはすでに連絡はついているらしい。

いまは仕事が忙しくて手が離せないが、折を見て挨拶に来るとのことだった。

娘が死の淵《ふち》から生還したのに会いに来ないというのは、さすがに薄情すぎるのではないかと思ったけど、そんな俺の内心を表情から察した飛文が説明した。

『お嬢様が亡くなったと聞かされたとき、また、お嬢様が生き返られたと聞かされたときの奥様の反応は、ごくありふれた母親のものでした。【母の思いは子に、子の思いは山に】と言いますでしょう?』

草原の諺《ことわざ》で【母は常に子を思うが、子には中々伝わらない】って意味らしい。

『本当ならばすぐにでも会いたいでしょうが、お嬢様が主殿《あるじどの》と冥婚したことによって必要になる諸々《もろもろ》の手続きを、カレムスタン本国と話し合いながら行わなければなりません。場合によっては日本政府とさえ交渉しなければなりませんし』

ああ、メイユエはあれでも一国のお姫様だもんな。

名前も聞いたことがなかった小国とはいえ、下手すれば外交問題になるのか。

『それを本業と同時並行して行っている奥様のご苦労をお察しください』

そう言われてしまうと、もうなにも言えなかった。

そして現在。我が家の居間にメイユエ、飛文、須玖瑠が揃《そろ》っている。

本当に共同生活が始まってしまったのだと実感した。

まさか海の向こうの遊牧民族と同居することになるなんて夢にも思わなかった。

しかも一人は奥さんだしなぁ。魂だけの関係ではあるけど。

なんだか妙な緊張感があったので、俺は場を和ますようにポンと手を叩《たた》いた。

「メイユエ」

「……なんだ？」

「あの箱の中には人が入っているわけじゃないからな」

俺はお天気キャスターが喋《しゃべ》っているテレビを指さした。

するとメイユエはムッとむくれた。

「バカにするな。テレビくらい知っている」

「前にも言いましたが、カレムスタンの全家庭にはプロジェクターなどがあります。また今回日本に来るに当たって、お嬢様もある程度の知識は叩き込まれています」

飛文がすまし顔でそう補足した。

「あっ、悪い。じゃあ日常生活で困るようなことはないか……」

それは失礼なことを言ったと謝ると、飛文は首を横に振った。

「いえ、お嬢様の場合、日本に来てからは私が傍《そば》に付いてお世話しましたので、テレビ以外の……つまり掃除機や洗濯機などの使い方は存じ上げないと思います」

「それって……家事ができないってこと？」

そう尋ねるとメイユエが顔を真っ赤にしながら怒鳴ってきた。

「うるさい！　カレムスタン流なら一から十まで心得ている！」

「電化製品の使い方を知らなきゃ日本じゃなにもできないぞ」

「なんでもかんでも機械任せにするのはよくないことだ！」

「それはそうだけど、カレムスタンにだってプロジェクターはあるんだろ？」

「うっ……」

「自分が使えない物だけを悪く言うのはどうかと思うぞ」

「うぅ……うるさいうるさい！」

半ば逆ギレ気味に捲《まく》し立てるメイユエを飛文がたしなめた。

「お嬢様、カレムスタンでは一度夫婦の契りをかわした以上、支え合うのが夫婦の務めにございます。夫よりもことさら家事が下手では汗《ハン》家の恥となってしまいます」

「うぐっ……だったら、こいつはどれだけ家事ができるって言うのだ！」

「俺か？……そうだな」

立ち上がると隣のキッチンへと向かい冷蔵庫を開けた。

事故に遭って病院に担ぎ込まれてから須玖瑠《すぐる》も付きっきりだったらしい。

中身も変わっておらず、冷凍室に一昨日《おととい》の夕食に作ったブナシメジと舞茸《まいたけ》の炊き込みご飯が残っていた。時間にして丸二日か。冷凍してあったし大丈夫だろう。

それを取り出すと器ごと電子レンジで解凍する。

温め終わったモノを茶碗《ちゃわん》に盛り、メイユエの前に箸を添えて置いた。ついでにみんなの分のお茶も入れてから席に着き、向かいに座るメイユエの顔をジッと見た。

「俺が作ったご飯だ。食べてみてくれ」

「……いただきます」

ムスッとした顔のままメイユエは箸でご飯をすくってパクリと食べた。

その瞬間、メイユエは驚いたように目を見開いていた。

そのまま無言でパクパクと食べる。

「あの……お嬢様？」

その様子を従者である飛文が不思議そうな顔で観《み》ていた。

「……おいしい」

蚊が泣くような声だったけど、メイユエはたしかにそう言った。

その瞬間、俺はガッツポーズしていた。

なぜか一緒になって須玖瑠まで胸を張っていた。

「当然。兄さんの炊き込みご飯は絶品。兄さんは掃除をさせれば四角い部屋を丸く掃くし、洗濯させれば色落ちさせるけど、料理の腕だけは一人前」

「それは褒めてるのか？」

「料理の腕は、料理の腕だけはある」

「強調されると他が微妙って言ってるようなもんだろ」

そんなやりとりをする俺たちを余所《よそ》に、メイユエは深刻そうな顔をしていた。

その表情にピンと来た俺はニヤついた笑みを浮かべた。

「もしかして、料理できないのか？」

「ば、バカにするな！　料理ぐらいできるに決まってる」

「ほう？　じゃあ得意料理は？」

「それは……その……ララムーなら美味《おい》しく作れる」

ララムー？　聞いたことのない名前だけどカレムスタンの料理か？

飛文のほうを見ると、なにやら額を押さえていた。

「お嬢様……それは余りに情けないかと」

「う、うるさい。料理は料理だろうが」

気になったのでララムーとはなにかを飛文に尋ねてみた。

「ララムーはカレムスタンの民族料理です」

すると飛文はそう答えた。

「カレムスタン人はもともと遊牧民族ですから、草地を移動しながら生活しなくてはなりませんでした。ですので食料は日持ちのするモノか、その場での現地調達が基本だったんです。その際、日持ちのする食品として重宝していたのが干し肉でした。お肉を塩漬けにしてから干したモノですね。モンゴルの遊牧民が作る干し肉は香辛料や塩味は薄めなのですが、カレムスタン式ではしっかりと味を付けるのが特徴です」

ふむ。ビーフジャーキーみたいなものだろうか。

「カレムスタン人はどこへ行くにもこの干し肉を携帯しています。狩りのときなどはそのまま囓《かじ》ることもありますが……調理するときは鍋でお湯を沸かし、その中に干し肉を入れて煮込みます。味はお肉に付いてますから、あとは適当な野菜などを入れるだけで肉野菜スープになるわけです。そのスープがララムーです」

「……ん？　それってつまり……」

「はい。日本で言えばインスタントみそ汁のようなモノですね」

「ダメじゃん！」

思わずツッコムとメイユエはまたも顔を真っ赤にして叫《わめ》いた。

「うるさいっ！　日本では男女同権なんだろ！　私はお前の国に嫁いできたんだから、料理できなくたっていいだろうが！」

「都合の良いときだけ日本の慣習を持ち出すなよ」

「そうですね。それはただの言い訳です」

飛文に冷静に言われたらメイユエはぐうの音も出ないようだった。

「この際ですから、お嬢様には花嫁修業をしていただいたほうが良いかもしれません」

「ま、前から言ってるが、私はまだ婿を取る気などない」

「実際に取ってしまったのですから、その言い訳も通用しませんよ。馬術と呪術だけがカレムスタンの生き方ではありません。少しは家事も憶《おぼ》えて下さい」

「うぐっ……」

メイユエは恨めしげな顔をしていたけど、飛文は気にする様子もなかった。

ちょっと待て！　なんかサラッと変な言葉が聞こえた気がしたんだけど。

「飛文。いま呪術って言わなかったか？」

「はい。たしかにそう言いましたが」

聞き間違いじゃなかった。呪術？

「呪術って……カレムスタンでは誰かを呪ったりするのか？」

「はぁ？　なにをバカなことを言っているのだ」

メイユエはここぞとばかりに身を乗り出して解説を始めた。

どうやら花嫁修業の話を切り上げられると思ったらしい。

さも教えてやるとばかりに語り始めた。

「いいか。いまの日本では『呪』の字は『のろい』という意味で使われているが、その他に『まじない』という意味もあるのだ。つまり東洋式魔術と思ってくれていい。日本じゃ廃れて久しいモノだが、カレムスタン人は未《いま》だにその力を色濃く継承している」

「それって魔術が使えるってこと？　まさか……」

「むぅ。じゃあ魔術もなしに冥婚なんてできると思うのか？」

あー、そうか。すでに冥婚っていうファンタジーな体験をしたんだもんな。

冥府もあったし、獄卒鬼《ごくそつき》もいた。

なら、東洋式魔術があったって不思議じゃないか。

妙な形で納得する俺の横で、須玖瑠が身を乗り出していた。

「どんな魔法？　見たい見たい」

「須玖瑠は本当に愛《う》いヤツだな。少しだけなら見せて上げよう」

するとメイユエはお茶が入った湯飲みの中に、人差し指を第一関節ぐらいまで入れた。

次の瞬間、指はピクリとも動いていないのに湯飲みの中のお茶が渦を巻いていた。

予想していたよりも地味だったけど、それでも十分凄《すご》い。

「カレムスタンの呪術は『流れ』を操る力なのだ。こんな感じに水や風のように、元々流れているモノをこちらの意に添うような形に流すことができる。大きな変化を生み出そうとすればその分だけ大きな力を必要とするから、できることは限られてるがな」

いや、それでも種も仕掛けもないなら凄いことなんじゃ？

「母上が持ち込んだ風力発電機が普及した背景にはこの力の存在があったのだ」

なるほど。風の力を操ることができるなら風力発電機は永久機関になる。

どこでも電力供給できるとなればもの凄く便利だな。

特に移住を繰り返す遊牧民には便利だ。

メイユエの芸当に須玖瑠は目をキラキラと輝かせていた。

「練習したら私にも使えるようになる？」

そんな須玖瑠に飛文は申し訳なさそうに告げた。

「残念ですが、血の影響が大きいので誰でも使えるモノではありません。現に回教《フイ》の商人との婚姻が盛んだった私の一族はその手の呪術は使えません」

「ふい教？」

「イスラム教です。主にアラビアの商人ですね。ただ先祖の中にはハサン・サッバーフの暗殺教団のメンバーだった人物も含まれているとか」

「ガチガチの暗殺者《アサシン》じゃん！　ゲームで見たことあるぞ！」

飛文の褐色の肌はアラビアン由来だったんだな。……そしてあの暗殺者っぽい動きは、彼女の先祖伝来のものだったのか。

「お嬢様もハーフではありますが、そこはカレム十氏族の汗たる血筋なので正しく受け継がれているのでしょう」

須玖瑠は「そう……」と本当に悔しそうにグッと拳を握りしめていた。

「そんなに呪術が使いたかったのか？」

「夏場に扇風機がいらなくなる」

「それだけかよ！」

「洗濯機もすすぎならできる」

「どのみち脱水は無理だろ」

そんな省エネ利用はともかくとして……『流れ』を操る力ねぇ。

「もしかして時間も操れたりするのか？」

「時間？　なぜだ？」

「だって時間は過去から未来へ『流れる』もんだろ？」

モノの流れを操る力なら時間の流れも操れるんじゃないだろうか。

そう思って尋ねたのだけど、メイユエは首を傾《かし》げていた。

「時間か……【時は時のままでない、菖蒲《しょうぶ》は青いままでない】とは言うが……」

「なんだそりゃ？」

なんだかよくわからない言葉が出たところで、飛文が説明してくれた。

「【時間は留《とど》まることなく流れていく】という意味の諺《ことわざ》です。たしかに時間も流れるものではありますが、さすがに操れたという話は聞きませんね」

日本で言う【諸行無常】とかそういう意味の言葉なのだろうか？

メイユエと話してるとたまに耳慣れない諺が出てくるよな……。

これだけ諺も、文化も違うのに一つ屋根の下でやっていけるのだろうか？

……なんだか不安になってきた。

思わず溜息《ためいき》が出そうになったとき、点《つ》けっぱなしのテレビから快活なメロディーが流れてきた。ニュース番組が終わって、アニメ番組が始まったらしい。

どうやら最近流行のロボットアニメのようだった。

有名アーティストとタイアップしたのだろう。

アニメソングとは思えないほど格好いいイントロが流れる中で、主人公の乗った機体がポーズを決め、その瞬間、タイトルがババーンッと現れた。

『重装機兵ジャンガルⅡ』

なんだかなぁ……と思っていると、

「おー、ジャンガルⅡではないか！」

俺の目の前に、その映像に目を輝かせているヤツがいた。

メイユエは椅子を動かすとテレビの真ん前の位置に陣取った。

画面を食い入るように凝視していた。

次に須玖瑠が隣に座りメイユエとなにやら語らい始めた。

「義姉《ねえ》さんもジャンガルが好きなの？」

「うむ。一作目なら全部見たぞ。特に主人公のセージがカッコイイ」

「私はライバルキャラのユーチがいい」

「ユーチは機体を替えすぎだ。愛機にこだわりがないヤツは好きじゃない」

「主人公機の基本能力値の高さに甘えるセージよりマシだと思う」

なにやらああでもないこうでもないと言い合う二人。

アニメ本編は見たことがないけど、ジャンガルも参戦してるアニメロボットが一堂に会する系ゲームをやったことがあるので、基本ストーリーくらいは追える。

たしか宇宙規模の戦争中に平凡な主人公が少女と出会い、その少女からジャンガルという最新鋭機を託され、戦争に巻き込まれていく……よくあるロボット物だったと思う。

だけど二人は俺がついて行けない領域まで入りつつあった。

しかし、女の子二人がロボットアニメを見て、

「えっ、あの戦艦ってバリア張れたの？」

「よく見て義姉さん。あっちの機体が援護防御した」

とか言ってるこの光景は一体……。

取り残された俺は、同じく取り残されている飛文に尋ねた。

「お宅のお姫様はあれでいいのか？」

「いいのです。とくに『ジャンガル』であれば」

なんだか良くわからない返事がきた。

見ると飛文の様子がおかしかった。

少しオドオドしているようで、ときたまチラチラと画面の方を見ている。

「……もしかして飛文も見たいの？」

「そ、それは……はい」

顔を真っ赤にして俯《うつむ》いてしまった。飛文もこんな顔するのか。

「アニメとか見なそうなのに」

「ジャパニメーションはカレムスタンでも大人気なんです。とくに『重装機兵ジャンガル』が大人気なんです。名前的にも受け入れやすかったんでしょうね」

「名前？」

「ジャンガルはモンゴル三大叙事詩の英雄の名前なんです」

ああ、なるほど。日本人の感覚で言えば、タイトルにノブナガって付いてるとなんか強そう、とか革新的に感じるようなものか。

「そして多くのカレムスタン人が『重装機兵ジャンガル』に感銘を受けたのです」

感銘？　首を傾げていると飛文は静かに頷《うなず》いた。

「お話ししたとおり、カレムスタンは『カレム十氏族』というように十のグループがあるのです。異なる所属の者が集えば、そこには諍《いさか》いが生じるものでして、各氏族間にも対立はあったのです。もともと人数が少ないので滅多に流血騒ぎにはなりませんが、別氏族との結婚・交流を禁じたり、家畜を奪い合ったりしていたのです」

まあそういう諍いはどこにでもあるよな。

家畜の奪い合いってあたりが遊牧民族らしいけど……。

「そんなときに奥様が日本のアニメを見るように奨励なされたのです。そして真っ先に見るように仰《おっしゃ》ったのが『重装機兵ジャンガル』でした。あの味方にも敵にも掲げるべき正義があり、明確な悪など存在しないという考え方はカレムスタンにはありません。そして

『重装機兵ジャンガル』を見たカレムスタン人は劇中の戦争と自分たちの状況を重ね合わせ、相手の氏族にも抱える事情や理屈があるのだと気付かされました。それからは争いではなく話し合いによって氏族間の仲を取り持っていく様になりました」

「アニメが平和に貢献した!?」

「このことは精神的革命として語り継がれることでしょう」

フィリピン人にとっての『ボルテスV』みたいなものなのだろうか。

ちょっと変な感じだけど、それで平和になるならいいか。それに……。

「すごいものだ。よくあんな小さな標的に当てられるな」

「相手の行動パターンを読まなければ無理。射撃の腕だけじゃできない」

須玖瑠《すぐる》と一緒になってテレビの『重装機兵ジャンガルⅡ』を夢中で見ているメイユエの姿を見ていると、案外上手《うま》く付き合っていけるんじゃないかって。

そんな風に思えたのだから。

◇　◇　◇

私が初めて夫（仮）となった亨《とおる》のうちに来た日の晩。

急に始まった同居生活に一悶着《ひともんちゃく》はあったものの、『ジャンガルⅡ』を見終わり、みんなで夕飯を済ませるころにはお互いにこの事態を受け入れ始めていた。

急な冥婚に反発する気持ちはあるが、それは亨とて同じだろう。

この不思議な関係が解消されるときまでは我慢せねばなるまい。

……まあ、生まれつきの性格からつい意地を張ってしまう場面もあった。

自覚はある。汗《ハン》の娘として他人に弱みを見せるべきでないと思っているから。

だから高圧的に出られると、高圧的に返すしかできないのだ。

そんな肩肘張った生き方は損だと知りつつも。

（……疲れたな）

皆と夕食を済ませ、風呂から出た私は寝巻きに着がえると、自分の部屋となった亨の両親の寝室に詰め込まれた引っ越し荷物の中から、あるケースを取り出した。それを持って居間へ行き、ガラス戸から外に出てベランダにストンと腰を下ろす。

月明かりの下。まだ湿った髪に、夜風が当たって気持ちいい。

私は持って来たケースを開けると、中の物を取り出して、両腿《りょうもも》・両ふくらはぎの間に置いて、抱え込むようにして構えた。そして同じく取り出した〝馬の毛で作られた弓〟を構えると、ゆっくりとそれを奏でだす。

～♪～♪～♪　～♪～♪～♪

弓を弦の上に走らせれば、流麗にして力強い響きが生まれる。

ああ、やはり良い。素晴らしい音色だ。

この音色は、故郷で奏でても、どこで奏でても変わることはない。

そのことがささくれだった私の心を慰めてくれる。
適当に弾いて興に乗ってきた私は、自然と歌を口ずさむ。

『千里　万里　遠方にありて故郷を思う
帰らんと欲すれども　私に黒き駿馬《ジョノンハル》の蹄《ひづめ》はない
大鷹《おおたか》よ　草原も山々も変わりはないだろうか？
鶻《ハイタカ》よ　白き天幕で、あの人は私を待っているだろうか？』

これは私の故郷《カレムスタン》の歌。旅人が故郷を想《おも》う歌。
そんな歌を口ずさむくらい、いまの私は感傷的になっているらしい。
ガラにもないことをしていると思い、私は自嘲気味に笑ったのだった。

◇◇◇

飛文が作ってくれた晩ご飯（竜田揚げがメインの和食だった）を美味《おい》しくいただいた俺たちは、メイユエ、須玖瑠、俺、飛文の順番で風呂に入ることになった。
従者である飛文は最後を主張し、メイユエが俺の後に入るのも、メイユエが入った後にすぐに俺が入るのもなんか嫌だと言ったのでこの順番となったのだ。

急に我が家の女性率が跳ね上がったせいで肩身が狭い。

そんなわけで三番目に風呂に入り、長湯することもなく出ると……。

～♪～♪～♪　～♪～♪～♪

居間のほうからなにやら不思議な音色が聞こえてきた。

優雅だけど力強く、腹の底に響くような音色。

どうしたのだろうと思って居間に入ると……暗いな。

灯《あか》りが消えている。するとそんな暗い部屋の中、ソファーに座っていた飛文が俺に気づき、口に人差し指を当てて静かにするようジェスチャーで示した。

そして手招きすると自分の横をポンポンと叩《たた》いた。

（なんだ？）

とりあえず指示されるままに飛文の横に座る。

すると飛文は居間から庭に繋《つな》がるベランダを指差した。

「っ！」

そこには寝間着姿のメイユエが座っていて、なにかの楽器を奏でていた。

部屋が暗い分、ベランダは街灯と月明かりで少し明るい。

そんな白く淡い光の中で佇《たたず》むメイユエ。

じゃじゃ馬っぷりを表すように馬の尻尾みたいに結ばれていた髪は下ろされ、風呂から出てそれほど時間が経《た》っていないためか湿っており、淡く艶めいていた。

境界の教会で見た花嫁姿にも劣らないほど美しく見えた。

そんなメイユエが弾いているのは弦楽器で、糸巻きの部分には馬の首を模した彫刻がある。弦は二本で、メイユエは手にした弓のようなもので弾いていた。

三国志のゲームで似たような楽器（多分、二胡《にこ》）を見たことがある。

でもあれより響きが力強い。

（「馬頭琴《モリンホール》といいます。遊牧民族の伝統的な楽器ですね」）

飛文が小声で言った。モリンホールって名前なのか。

『○△□●、△△●○』

すると、メイユエがメロディーに合わせて歌い出した。

いつものツンケンした声ではなく、柔らかく耳に染み入るような歌声。

日本語ではない。カレムスタンの言葉なのだろうか？

だからどういう歌なのかはわからないけど……どこか切なげだ。

メイユエの歌声と奏でるメロディーはゆったりとしたものだったが、一瞬、ピタッと音を止め、再び音を紡ぎ出すときには跳ねるようなリズムへと転調していた。

白い天幕の中、羊毛の絨毯《じゆうたん》の上でゆったりとした時間を過ごしているイメージから、草原で馬が跳ね回るような、大空を飛び回る鳥のようなイメージへと変わる。

（「あの曲は？」）

（「カレムスタンの民謡ですね。お嬢様の故郷の歌です」）

尋ねると、飛文はそう答えた。

（「はるか遠く離れた地で、故郷の景色を思い出す……そんな歌です」）

（「故郷……」）

（「いまのお嬢様にはカレムスタンへの望郷の念があるのかもしれません」）

飛文の言葉とメイユエが奏でる旋律に、胸が痛んだ。

俺と冥婚して魂が繋がってしまったがゆえに、彼女は故郷へ帰ることができない。

ケンカ腰でこられるとイラつくし、こっちは向こうの事情に振り回されている立場なのだが……そのことに気付いてしまうと罪悪感のようなものが芽生えてくる。

すると飛文が俺の目を見ながら言った。

（「巻き込んでしまった立場で言えたことではないのは重々承知です。……ですが、あのような御方《おかた》ですが、どうぞ優しくしてあげてください」）

（「………」）

飛文の言葉に俺はとっさに答えることができなかった。

俺は……いまの状況を降って湧いた災難だと思っていた。

メイユエの家の事情に巻き込まれただけ、迷惑を掛けられただけだと。

故郷に帰れないメイユエの気持ちなんて考えもしなかった。

いきなり見ず知らずの男と冥婚させられ、百メートル以上離れることができず、故郷に帰ることすらできない彼女の気持ちを。

気に食わないがそれがしきたりなのだから仕方がない、と彼女は割り切ったように言うけれど、それらすべてを本心から割り切れるはずがない。

そんなことにも気付かず、自分本位に反発していた自分が情けなくなる。

仮とはいえ、メイユエは俺の妻なのに。

仮とはいえ、俺はメイユエの夫なのに。

（バカだよなぁ……俺って……）

～♪～♪～♪　～♪～♪～♪

夜風がそよぐ中で、メイユエの歌声と馬頭琴の音色のみが響く。

飛文はそっとその場を離れていった。

二人っきりになった空間。

だけど、メイユエは俺が見ていることには気付いていない。

多分、一人っきりでいるつもりなのだろう。

月明かりの下に照らされる彼女の横顔。

なんだか悔しいけど……綺麗《きれい》だと思った。

俺はそのままメイユエの奏でる故郷の旋律に耳を傾けていた。

◇　◇　◇

その夜、俺は夢を見た。
誰かの手を引きながら、何者かに追われる夢。
人通りのない裏道を息を切らせながら走っている。
背後から迫る何者かの殺気を感じながら、ただひたすらに走っている。
身体《からだ》のいろんな場所が痛む。多分ケガをしていたのだろう。
とにかく必死だった。繋いだぬくもりを守りたかった。
何かの物陰に隠れながら、その誰かに向かって語りかけた。
「大丈夫だから」
なにが大丈夫なのかもわからない。
ただそう言いたかっただけなのかも知れない。
とにかく俯《うつむ》きがちなそいつに少しでも笑って欲しかった。
「キミは俺が護《まも》るから。絶対……」
俺の言葉が少しでも届いたのか、そいつがゆっくりと顔を上げた。
肩が震えている。それでもそいつはしっかりと頷《うなず》いてくれた。
そいつの顔が見えるか見えないかのところで、
俺は夢から醒《さ》めてしまった。

【なぜなに？ カレムスタン２】

カレムスタンの歴史って？

亨「カレムスタンの歴史について教えてほしい」

美月「ふむ。伝承こみなら『彗星神話』から始まるな」

亨「彗星神話？」

美月「いま私たちの国がある草原はかつては頭に雪を被った山々が連なる地域だったそうだ。そこにあるとき彗星が降ってきて山々を吹き飛ばし、草原地帯になったという。まあ早い話が『隕石が落ちてきてできたクレーターが草原になった』って伝説だ」

亨「へぇ～。でも、割とあり得そうな話じゃないか？　メイユエが不思議な力を使えるのもその隕石の影響だったりして」

美月「調査が入ったこともないからな。肯定も否定もできん」

亨「それじゃあ史実としての歴史だとどんな感じ？」

美月「小国だからな。歴史上に現れた大国に対してはさっさと臣従しながら自治を維持してきた。漢土とは漢の武帝の頃から朝貢していたようだ」

亨「ああ、だから漢土って呼んでるのか」

美月「日本も似たようなものだろう。金印とか貰ったりして」

亨「随分詳しいな」
美月「教育チャンネルの歴史番組で観たぞ」
亨「知識の出所が……まあいいか。じゃあ名前が中国風なのもそれが理由？」
美月「そうだな。冊封体制下の名残だろう。言語や文化的にはモンゴルのほうが近いが、名前だけでも漢土風にしてご機嫌取りをしていたのだろうな。【狡猾の多いはキツネに、挨拶の多いはおべっか使いに】というわけだ」
亨「世渡りのために苦労してきたってことか。むしろ涙ぐましいな」
美月「あとはもう、そのとき盛強になった民族の下に付くといったことを繰り返していたようだな。匈奴やら鮮卑やら突厥やらモンゴルやらな。どの国からも地図にさえ記す価値もない、一地域の少数民族としてほっとかれた形だ」
亨「ちょっと悲しいな」
美月「だが考えてもみてくれ。盛強を誇った勢力もいまは影も形も無くなったものも多いのに、私の国は今日まで存続できているのだぞ」
亨「あっ、そう考えるとたしかに凄いな」
美月「【金持ちは一回の嵐で、英雄は一本の矢で】すべてを失うという。そんな世界で今日まで命脈を繋いできたのだから、なんら恥じることはないだろう」
亨「うん。そのとおりだと思う」

3，繋がったままスクールライフ

Gakusei kekkon shita aite ha bukiyou kawaii yubokuminzoku no hime deshita.

メイユエたちが我が家にやってきた翌日は月曜日。

一昨日《おととい》は死んでいたとはいえ、元気になった俺は学校に行かなくてはならない。

「……朝か」

なんか変な夢を見た気がする。そのせいか頭がボーッとしている。

時計を見るといつもよりは少し寝坊してしまったようだ。

大きく伸びをしながら身体を起こし、洗面所で顔を洗って寝間着のまま居間に向かうと、すでにメイユエ、須玖瑠《すぐる》、飛文が揃《そろ》っていて朝ご飯を食べていた。

「兄さん。お寝坊さん？」

須玖瑠が首を傾《かし》げると、味噌汁《みそしる》を飲んでいたメイユエはフンと鼻を鳴らした。

「【眠りのせいで馬を、骨髄のせいでナイフを】失うと言うぞ。其方《そなた》が寝坊している間に馬が逃げてしまうかもしれない」

「……馬なんて飼ってないから。今日はたまたまだって」

そう言いながら席に着くと、メイユエはキョトンとしていた。

「ん？　どうかしたか？」

「あ、いや……もっと食ってかかるかと思ったのだが……」

どうやらメイユエの挑発的な言葉に反応しなかったから不思議に思ったようだ。

たしかにイラッと来るような言い方ではあった。だけど、どうにも昨日のメイユエの淋《さび》しげな横顔が脳裏にチラついてしまうのだ。慣れない土地で、それでも前を向いて虚勢を張っているのだと思うと、反論する気も無くなる。

「……朝だから、頭が働いてないだけだって」

俺が苦笑気味に答えると、メイユエは「そ、そうか？」と頷いた。

上手《うま》くケンカ腰になれなくてメイユエも調子が狂ったようだ。

「どうぞ。主殿《あるじどの》の分です」

ビジネスシャツの上にエプロンを着けた飛文が、俺の分の朝ご飯を用意してくれた。

家事全般が苦手なメイユエを除き（メイユエにはこれから飛文が一つ一つ教えていくことになった）、家事は俺と飛文と須玖瑠の交代制になっている。

昨日の夜にローテーションを決めて、今日は飛文が当番だった。

カレムスタン風な朝ご飯が出るかと実は少し期待していたのだけど、出てきたのは、ご飯に味噌汁、納豆、海苔《のり》、お漬け物という基本に忠実な日本の朝ご飯だった。

（ララムーってヤツも一度は食ってみたかったんだけどなぁ……）

そんなことを考えながら味噌汁を啜《すす》る。あ、美味《うま》い。

と、そこでメイユエの前には味噌汁のお椀《わん》しかないことが目に入った。

「あれ、メイユエのご飯は？」

「……朝はそんなに入らん。我が国では朝は乳茶《スーテーツァイ》のみで済ますことも多いしな」

「スーテー……なに？」

「塩味のミルクティーみたいなものだ。羊の搾乳時期などは朝から大忙しだからな。のんびりしている時間などないから、サッと飲めるものが良いのだ」

「農家が作業の合間に卵かけご飯で食事を済ませる感じ？」

須玖瑠がコテンと首を傾げると、メイユエは頷いた。

「似たようなものだろう。我が国では卵は出回らんがな」

う〜む……なんとも異国感のある話だ。

「その乳茶？　だけで足りるのか？」

「ウルムやアーロールみたいな乳製品を摘《つ》まんだり、昨日の晩ご飯で余った肉を乳茶に入れて飲んだりするな。一回だけでなく、作業の手が空いたら飲む感じだ」

「なるほど。ミルクティーよりお茶漬けが近い感じか」

「うむ……とはいえ【その（土地の）水を飲めば、その慣習に従う】ものだ。日本で暮らす以上、こちらの生活にも慣れねばならんだろうがな」

そう言いながらメイユエは味噌汁を啜った。

郷に入りては郷に従え、ってことだろうか。あっ、だから和食なのか。

すると、エプロンを外して席に着いた飛文が口を開いた。

「突然ですが、お嬢様には今日から主殿の通う高校に通って頂きます」

「はあっ!?」

飛文の一言に、メイユエは手にしていた箸を落とした。

昭和のドラマみたいなリアクションだな。

「どうして私が高校に行かなくちゃならないのだ！」

「主殿には学業がございます。お二人は百メートル以上離れられないわけですから、主殿が高校に通うためにはお嬢様も一緒にいる必要があるのです」

ああ、そっか。

もう学校に通うのにもメイユエが一緒じゃないとダメなんだよなぁ……。

そこまでは考えてなかった。う～ん、大丈夫なんだろうか？

当のメイユエは大いに不満そうだった。

「勉強ならカレムスタンでしてきただろう。母上に強制的に通信教育を受けさせられていたからな。わざわざ学校に通わなくても……」

「しかし、これからの国際社会の中で氏族長の娘であるお嬢様には、外国においてでも通用する対人関係構築能力の習得が必要です。これもまた奥様のご意向なのです」

「な、母上の!?」

「【人に長あり、衣に襟あり】です。お嬢様ならおわかりでしょう」

「うぐっ……」

飛文の言葉に、メイユエはなにも言い返せないようだった。

「？　いまのはどういう意味？」

メイユエに尋ねると、メイユエは苦々しげな顔で答えた。

「『目上の人の意見は素直に聞け』と諭す言葉だ。そもそも母上の決定に異を唱えるなど……恐ろしくて私にはできない」

「……お前の母さんってそんなに怖いのか？」

「怖いとかそういうレベルはとっくに超越している。あの人はもう聖主ゲセルだ」

「せいしゅゲセル？」

聞き慣れない単語に聞き返すと、飛文が説明してくれた。

「ゲセル聖明ハーン。モンゴルやチベットには『ゲセル・ハーン』という叙事詩があるんです。カレムスタンはこの『ゲセル・ハーン』や『ジャンガル』などの叙事詩を自分たちの神話と認識しています。日本が『古事記』の神話を保有しているのと同じですね。だから私どもにとって聖主ゲセルは現人神《あらひとがみ》と同義なんです。つまり奥様は……」

「現人神並みに畏怖《いふ》する対象になっているってわけか」

項垂《うなだ》れるメイユエを見ながら俺と須玖瑠は合掌していた。


それから一、二時間が経過したころ。

飯観山《いいかんやま》高校一年A組の教室に着いた俺は、窓際の自分の席でボーッとしていた。

「…………」

教室にはいままで過ごしてきたのと同じ平凡で穏やかな時間が流れている。

俺が事故にあったということは伝わっているみたいで、登校した当初、何人かにはそのときのことを聞かれたりもした。どんな事故だったのか、などだ。

だけど俺はこのとおりピンピンしている。

大したことは無かったのだろうと思われたのだろう。

ほとんどのクラスメイトには気にも留められなかった。

俺には友達と呼べる相手がほとんどいない、という悲しい理由もある。

べつにハブられてるわけじゃない。

ただ、どうにも人間関係を構築するのが下手《へた》くそなのだ。

妹との二人暮らしが長く交代で家事をしていたため、そのことを理由に遊びの誘いを断ると、気を遣われて以降誘われなくなるのだ。

家事してるって、偉いなぁ、そっとしといてあげよう……という感じで。

（まあ……もう慣れたけどな）

すると登校してきたばかりの女子生徒が一人、みんなに「おはよー」と声を掛けながら教室に入ってきた。ショートの髪のその女の子は、誰からも不快感は抱かれないだろう快活な笑みを浮かべている。俺の前の席に腰を下ろした。

そして身体《からだ》ごとこっちを向いて言った。

「おはよー。亨《とおる》くん」

「……おはよう。愛菜《まな》」

彼女は雪屋《ゆきや》愛菜。

ぱっちり目に凹凸は控えめな体型でボーイッシュよりだけど、物腰は柔らかいためちゃんと女の子らしく見える。青春系を売りにしたＣＭに出てる新人女優みたいだ。

俺みたいな人付き合いがあまり上手くない人間にも普通に話しかけてくれるくらいに性格も良い。もっともそれは俺に限ったことではなく、彼女は誰とでも楽しく話すことができる社交性の持ち主だった。本人曰《いわ》く、

『私は人が好きだからね。とくに自分とは違うタイプの人と話すのが好きなんだぁ。だから奇人変人ドンとこい、だよ』

……だそうだ。俺も奇人変人枠に入れられているのだろうか？

すると愛菜はニコッと笑った。

「そう言えばさ、廊下で聞いたんだけど、今日この学年に転校生が来るみたい」

「……へぇ～」（知ってるけど）

なんで知ってるのか聞かれるのも面倒なので、適当に相づちを打った。

「女の子みたい。それもかなりの美人だって」

「はー、それはお近づきになりたいねー」

「うわっ、すっごい棒読み。絶対思ってないでしょ」

愛菜に苦笑気味に言われたけど、一応、本音なんだけどなぁ。

お近づきというか、どうせ離れたくても離れられない関係なのだから、もう少しくらい良好な関係を築きたいとは思っている。

「はーい、お前ら席に着けよ～」

すると教室の扉が開き担任のタカシー（高階《たかしな》先生・三十四歳独身）が入ってきた。

立ち上がって談笑していた生徒たちも自分の席に着く。

教壇に立ったタカシーは咳払《せきばら》いを一つすると少し上擦り気味の声を上げた。

「あー、ＨＲに入る前に報告だ。今日、この学年に転校生が来ることになった。外国からの帰国子女なので困ることもあるかと思う。みんなも支えてあげてほしい」

「「「　はい　」」」「「「　ほーい　」」」

適当な相づちがチラホラと聞こえる。困ること……か。

メイユエは日本の学校生活に馴染めるのだろうか。

日本語はちゃんと読めるのだろうか。

勉強についていけるのだろうか。

ちゃんとクラスメイトと付き合うことができるのだろうか。

（……って、なんであいつの保護者みたいな心配をしてるんだ！）

すると教壇に立ったタカシーがニヤリと笑った。

「喜べ男子諸君、転校生はかなりの美少女だ」

「「「　うおおお！　」」」

一転して男子の歓声に包まれていた。しかし、

「だが残念だったな。転校生のミヅキさんは隣のクラスだ」

「「「　ええええ　」」」

続く言葉にさらに一転してブーイングの嵐になった。ノリが良いヤツが多い。

（メイユエは隣のクラスだったのか……）

まあ、百メートル範囲内だしクラスが違っても問題はないだろう。

でもなんでタカシーはメイユエのことをミヅキと呼んだんだ？

それに帰国子女っていうのも変だろ。

メイユエはハーフだし、カレムスタンからの留学生って扱いなんじゃ？

書類段階の不備だろうか？

そう考えたとき、あの鬼神父の顔がチラついたので考えるのをやめた。

そんなことを考えていると、愛菜がこっちを向いた。

「転校生は隣のクラスだったんだ。残念だなぁ、話してみたかったのに」

「……ああ、そうだね」

「どうしたの？　なんか心ここにあらずな感じだけど」

「電車の中に置き忘れてきちゃったよ……」

「それは大変だね。早く駅員さんに言わないと変な場所まで行っちゃうよ」

「変な場所？」

「池袋で置き忘れた傘が飯能まで行ってた」

「西武池袋線!?」

「ほらそこうるさいぞー。ＨＲ中だ」

タカシーに注意され、俺と愛菜は前を向いた。

その後、タカシーは簡単な連絡事項を伝えてＨＲが終わった。

俺がすぐに席を立とうとすると、愛菜が振り返って首を傾《かし》げた。

「ん？　どうかしたの？」

「……ちょっとトイレに行きたくて」

なぜか誤魔化すような言葉が口から出た。

俺は愛菜に不思議そうに見られながら教室を出ると、隣のＢ組の教室を覗《のぞ》いてみた。

すると窓際の最後列の席。

転校生の宿命か、クラスメイトに囲まれているメイユエの姿があった。

ただこっちは愛菜の社交的な対応とはほど遠く、立て続けにぶつけられる質問に不機嫌さを隠さず、無愛想に答えているだけのようだった。

「ねぇカレムスタンってどんな国？」

「草原の国だ。遊牧生活を送っている」

「美月《みづき》さんって好きなアイドルっている？」

「日本人のアイドルのことなど知らん」

「料理は得意？　よかったら料理クラブに入らない？」

「……ララムーしか作れん」

「一発芸とかないの？」

「『重装機兵ジャンガル』のサブタイトルなら全四十三話全部言えるぞ」

「例えば？」

「『第一話　慟哭《どうこく》の機影』、『第二話　シャオイエ来る』、『第三話　コスモチェイス』」

「ごめん。あってるかどうかわからないわ」

「だったらやらせるな！」

メイユエが刺々《とげとげ》しい対応をしているのにも拘《かか》わらず、クラスの雰囲気はのほほんとしていて温かかった。みんな優しい目でメイユエのことを見ている。

人に慣れずに威嚇《いかく》してくる小動物を愛《め》でているかのような目だ。

知り合いが誰もいないクラスで大丈夫だろうか……とちょっと思ってたけど、メイユエもこのクラスでなら上手《うま》くやっていけるだろう。

と、そのとき、黒板に書いてあった文字が目に入った。

そこには『志田美月《しだみづき》』と書かれていた。

そう言えばさっき、クラスメイトも美月さんって呼んでいたっけ。

苗字《みようじ》が志田なのは飛文の仕業のような気がするけど……なんでミヅキなんだ？

そんなことを考えていた、そのときだった。

「志田さん？　もしかして親戚かなにかなの？」

「っ!?」

振り返ると俺の肩越しに、愛菜がB組を覗き込んでいた。

「なんで……」

「いや～トイレにしては明らかに挙動不審だったからなにかあるのかなって。フフフ、その様子だとなんかわけありみたいだね」

ヤバい。愛菜の奇人変人センサーに引っかかってしまったようだ。

「ほら、もうそろそろ一限目が始まるぞ。教室に戻らないと」

俺は強引に自分の教室へと愛菜の背を押した。彼女は不満そうだ。

「む～、事情を教えてほしいんだけどなぁ」

「……まあ機会があったらな」

そうならないことを願いながら、俺はそう言うしかなかった。

「………」

そんな俺たちの様子を、メイユエが見ていたことにこのときは気付かなかった。


それからさらに数時間たち、午後の体育の授業中。

「……なぁ、いい加減機嫌なおせって」

『…………』

メイユエは不満を隠すことなく俺の横に立っていた。

それも〝幽体〟状態でだ。

いま俺たちのクラスは体育の授業中だった。種目はサッカー。

だからグラウンドに来ているのだけど、メイユエのクラスは普通に室内授業だったので、
どうやら百メートル以上間が開いてしまったらしい。

俺に引っ張られる形で、メイユエの魂が身体《からだ》から引きずり出されたようだ。

『いまごろ私の身体はどうなってしまっているのやら……』

「座ってたんだろ？　居眠りしてると思われるだけじゃないか？」

『息をしてないことがばれたら教室は大パニックだぞ』

魂が抜け出た本体は仮死状態になり呼吸や脈がなくなる（須玖瑠《すぐる》談）らしい。

するとメイユエは腕組みをしながらフンとそっぽを向いた。

『そもそもこの国では師に教えを乞うているときに居眠りをして許されるのか？』

「先生にもよるな。いまの科目はなんだっけ？」

『たしか……生物だと聞いたが？』

「じゃあ伊福部《いふくべ》先生か。ミスター・カナリヤなら大丈夫だろ」

『カナリヤって……いい歳《とし》のおじいちゃんだったぞ？』

「日本の歌にあるんだよ。ゆりかごの歌をカナリヤが歌うってヤツ」

『子守歌並みなのか!?』

伊福部先生は生物よりも道徳の方が似合ってる気がする人格者だ。

しかしその森本レオばりの穏やかな声は眠気を誘う。

しかも寝てる生徒を起こしたりはしない。

『しかし寝ててもいいから寝ている、というわけにもいくまい』

ゴールポストにもたれ掛かりながらメイユエは溜息《ためいき》を吐《つ》いた。

学校に通うのを面倒がったわりには真面目《まじめ》だよなぁ。メイユエって。

ちなみにいま俺はキーパーをやっている。

するとメイユエは目の上に手を翳《かざ》して、グラウンドのほうを眺めた。

『しかしサッカーとは十一人ずつでやるものであろう？　三十人はおるぞ』

「二クラスの男子全員参加なんだからしょうがないだろ」

ピッチの上には両チーム十五人以上は入っている。

高校の授業のサッカーなんてそんなもんだろ。

ちなみに女子は体育館でバレーボールだ。

「でもよく人数知ってたな。カレムスタンにもあるの？」

『無いがルールは知っておる。「ボールは友達」だ』

「アニメの知識かよ！」

『失礼な。オフサイドトラップまで完璧に理解しているぞ』

「こんな乱雑サッカーにオフサイドもなにもないけどな」

まあにわかサッカーファンだって、オフサイドのルールをちゃんと理解していないヤツも多いんだから、アニメから得た知識でもバカにはできないか。

『しかし、ボールが来なければキーパーとは退屈なモノだな』

「まあな……でも、それはチームが優勢ってことだろ」

『自ら攻め上って活躍したいとは思わぬのか？』

「俺は拠点守備くらいが丁度良いんだよ」

『専守防衛か。いかにも日本人らしいつまらん発想だ』

「ほっとけ……」

『ところで、あそこにおる者はなにをしている』

メイユエはグラウンドの真ん中あたりに突っ立っている男子を指さした。

そいつは見るからにやる気無さそうに、ボールの行方を眺めていた。

「めんどくさいんだろ。この人数だから、ボールに触れない時間の方が多いし」

フィールドを見渡せば四、五人は軽く見つかった。

中にはもう試合には興味がなく談笑しているヤツもいる。

あれはボールが転がってきても避難するタイプだな。

『気にいらんな。【善と親しくすれば月の光、悪と親しくすれば蛇の毒】と言う。ああいったやる気のない者がいると、周囲も感化されてしまうものだ。戦《いくさ》においては真っ先に粛清せねばならないタイプだ』

「いや、これは戦じゃなくてサッカーだからな」

『戦いならば同じこと。あーもう、イライラしてきたぞ』

我慢できなくなったのかメイユエは、スーッとその男子の下へと近づいていった。

「ってまさか、おい！」

制止したけど、メイユエは無視して突っ立っているそいつの身体に潜り込んでいった。

瞬間、そいつの身体が雷に打たれたかのようにビクッと震えた。

そしてまるで着ぐるみの中にはいるようにゆっくりとその身体に重なっていく。

入りきったとき、メイユエは完全に相手の五感を支配していた。

するとその男子が嬉々《きき》としてやってきた。

「いやー、できるものだな。完全に私の手足となってる」

声はそいつのだけど、口調や仕草は明らかにメイユエのものだった。

うわー……なんか不気味だ。

「やってることが悪霊と同じだぞ」

「失敬な。借りているだけだ。授業が終わればちゃんと返す」

「だからってなぁ……」

「じゃ、私はボールを追っかけるから、ちゃんと守れよキーパー」

「あ、おいっ！」
言うが早いか、メイユエは最前線へと突貫していった。
って、速っ!?　いくら中身がメイユエとは言っても急加速しすぎだろ。
例の呪術でも使って追い風でも呼んでいるんだろうか。
まあ急加速はともかくとして、メイユエはずば抜けた身体能力を見せた。
途中で相手チームからボールをかっさらう。
そのまま敵チームをごぼう抜きにし、一気にボールをゴールエリアまで運ぶ。
はあ、大したもんだ……って派手にやりすぎじゃない？
アイツ、人の身体だってことは絶対忘れてるよな。
そしてメイユエがそのままシュート体勢に入ったとき、
不意に〝魂がピンと張る〟のを感じた。
引き剝がされたときと似た感覚。
だけど俺の身体から魂が引き出されてはいない。
見ると遠くのほうでシュート体勢に入っていた男子が思いっきりずっこけていた。
あぁなるほど、アイツがこけた辺りが丁度百メートルくらいだ。
だからメイユエの魂が引き出されたのだろう。他人の身体に憑依《ひょうい》しているわけだから、
魂の粘着性（とでも言うべきかな）はこっちの方が上だったようだ。
数秒後、メイユエ（幽体状態）が恨みがましそうな目をしてやって来た。

『休み時間になったら覚悟しておれ』

「俺のせいかよ!?」

『魂を身体から引きずり出して、名探偵ごっこさせてやる』

「眠りの亨《とおる》とか勘弁してくれ」

パスッ

「『あっ』」

メイユエとのやり取りに夢中になり過ぎて、一点盗《と》られていた。

『あのとき亨が、もうちょっと前に出てくれたらゴールできたものを』

体育の授業が終わり、教室へと帰る廊下でもメイユエはむくれていた。

「それは悪かったけど、他人の身体を使ってたんだぞ。あんまり派手なことをすると、あの男子にも迷惑が掛かるかもしれないじゃないか」

『むう。それはそうかもしれないが』

「日本だと【人の褌《ふんどし》で相撲を取る】って言うんだぞ」

メイユエの口調を真似《まね》して言うと、メイユエはプイッとそっぽを向いた。

『私の国では【人の手で蛇を捕まえさせる】というのだ』

「よりえげつなくなってるじゃん……」

そんなことを話していたときだった。

「えっ、亨くん……誰？」

出くわした愛菜《まな》がこっちを見て目を丸くしていた。向こうも体育終わり（うちの学校は体育は基本男女別）だったのか体操着姿だった。

いやいや誰って……自分で亨って呼んだじゃん。

「大丈夫か？　体育中に頭でも打った？」

本気で愛菜の頭の心配をしていると、愛菜はビッとこっちを指差した。

「そうじゃなくて！　そこに浮かんでるのは誰って聞いているんだよ！」

「えっ？」『えっ』

思わず幽体のメイユエと顔を見合わせてしまった。

「もしかして、愛菜にはメイユエが見えてるのか？」

メイユエを指差しながら尋ねると、愛菜はコクリと頷《うなず》いた。

「う、うん。名前は覚えてないけど、あの転校生だよね？」

『どうやら本当に見えているようだな』

メイユエが空中移動をして愛菜に近づくと、愛菜はビクッと身構えた。その仕草からも見えていることは確実だった。

「もしかして愛菜って霊感強かったりする？」

「えっ、うん。たまに変なものが見えることはあるよ？」

なんてこったい。飛文に続いて二人目の霊感持ちか。

いろいろ確かめたいことはあるけど……ここだと人目を惹《ひ》いてしまうか。もうすぐ帰りのＨＲも始まってしまうし。

「ごめん愛菜。ちゃんと話すから、早く着替えないといけないし。ちゃんと話すから放課後残ってくれる？」

「あっ、うん。わかった」

愛菜も自分が体操着のままだと気付いたのか、パタパタと更衣室のほうへと駆けて行った。ただ走り出してすぐにこちらをチラリと振り返ると、

「……ちゃんと説明してもらうからね」

と、釘《くぎ》を刺していった。隣のメイユエが冷たい目でこっちを見ていた。

『あの娘に全部話すつもりなのか？』

「そうしないと面倒なことになるだろ。幽体状態を見られてるわけだし」

『だからって……（そもそも、あの子は一体……朝も親しげにしてたが……）』

「ん？　機嫌悪い？」

『なんでもない！　私は自分の身体に戻るぞ』

メイユエはプイッとそっぽを向くと、自分の教室へと壁抜けで戻っていった。


やがて帰りのＨＲが終わって放課後になると、俺は愛菜を屋上へ呼び出した。

メイユエのスマホ（我が家で新生活&日本で学生生活を送るにあたり、飛文に持たされていた）にメッセージを送ると、担任に呼び出されたから遅れるとのことだった。

仕方がないので先に愛菜にある程度のことを説明することにした。

メイユエのことや、彼女との冥婚のことを。

普通の人が聞いたら眉唾《まゆつば》な冥婚のことも、実際に幽体状態のメイユエを見ている愛菜なら信じてくれると思ったからだ。

一通りの説明を聞き終えたあとで、愛菜は感心したように言った。

「すごいね。亨くんってもう結婚してるんだ」

「驚くポイントそこ!?」

「実際に幽霊状態を見てるからね。もう大抵のことじゃ驚かないよ」

そりゃそうか。まさに百聞は一見にしかずってヤツだな。

「ってことは、二人は新婚さんなんだよね？」

愛菜が目を輝かせながら聞いてきた。

「あー、そうなる……のか？」

新婚さん……あまり実感がないな。しかし愛菜は興味津々のご様子だった。

「じゃ、じゃあもうお決まりなアレコレはしてるのかな？　行ってきますのキスとか」

「行ってくるもなにも、俺たちは一緒に登校してるし」

「帰って来たとき『ご飯にする？　お風呂にする？　それとも、わ・た・し？』とか」

「帰りも一緒だし、ご飯は当番制だぞ。……メイユエは当番から外されたけど」

メイユエを加えると何回かに一回の食事がララムーになるからな……。

すると愛菜は不満げに口を尖《とが》らせた。

「ええ～。新婚なんでしょ？　キスとか、それ以上のこととかしてないの？」

「……」

「あれ？　なんで黙ったの？」

もちろん愛菜の言う〝それ以上のこと〟はしてないけど……あの世で交わした誓いの口付けはどういう扱いになるのだろうか？　現世ではしてないわけだし。

（「……あの世でのアレはカウントするべきなのか？」）

急に考え込んだ俺の様子に、愛菜は目を丸くしていた。

あ、この子絶対になにか勘違いしている。

「ま、まさか二人はもう!?　そ、そうだよね。もう夫婦なんだし夜の営みも……」

「するか！　いい加減に落ち着け！」（ペシッ）

軽めのチョップをすると、愛菜は「アイタッ」と額を押さえた。

それで我に返ったのか愛菜は「ごめんね～」と謝った。

「亨くんの反応が面白くって、ついつい調子に乗っちゃった」

「まったく……」

てへぺろって感じで謝る愛菜。なんというか、毒気を抜かれるよな。

すると愛菜は俺のほうを見ると小首を傾《かし》げた。

「でも、そんな大事なこと、私に話しちゃっていいの？」

「まあ、もう見られちゃってるわけだしな。それに普通の人には幽体が見えないわけだし、言いふらしたところで愛菜の頭が疑われるだけだろう」

「あー、そうだね。うん、黙っておくよ」

「ありがとな。それと、もし万が一……いや、それよりもずっと高確率だろうけど、俺の魂が引きずり出されたときには協力して欲しいからさ」

今日のメイユエみたいに、いつ俺が幽体離脱状態になるかわからないからな。

見えてる愛菜には協力者になってほしかった。

「う～ん……上手《うま》くできるかはわからないけど、頑張ってみるよ」

愛菜は両手をグッと握ってファイトポーズを取った。

口元引き結んでムッと構えるその表情がおかしかった。

一緒に居て妙に安心した気分になる。これが彼女の人気の秘訣《ひけつ》だろう。

そんなことを話してたときだった。

「むー……その娘との話し合いは終わったのか？」

遅れてやってきたメイユエがそう聞いてきた。

ただ俺たちのほうからは視線を逸《そ》らしているのがちょっと気になった。

「ああ。黙っていてくれるってさ」

「ふむ。それは良かった……のではないか？」

相変わらずこっちと視線が合わないメイユエ。

んー、やっぱりなんだか少し不機嫌そうじゃないか？

「問題にならずに済んだのに、なんでそんな不満そうな顔をしてるんだ？」

「べ、べつに二人の関係を気にしてるわけじゃないぞ！」

「？　えっと……メイユエさん、でいいかな？」

愛菜は怖《お》ず怖《お》ずとメイユエに向かって言った。

するとメイユエは首を横に振ると、右手を差し出した。

「美月《みづき》だ。私のことは美月と呼んでくれ」

「え？　でも……」

「カレムスタンで成人前の女性を真名《まな》で呼んでいいのは親と伴侶となる者だけなのだ。かといって苗字《みようじ》というのも親しみがないからな。だから美月と呼んでくれ」

あっ……だから須玖瑠《すぐる》は『美月さん』って呼んでたのか。

「あ、うん。よろしくね、美月さん」

差し出された手を取り、しっかりと握手する二人。

「字《あざな》みたいなもんか？　亮《りよう》とは呼ばずに孔明《こうめい》と呼ぶみたいな」

「モンゴル系の風習も混ざっているな。かつては子供が産まれたら悪魔が寄りつかないように酷《ひど》い名前を付けて、成人するまではその名でその子を呼ぶんだそうだ」

「酷い名前って？」

「『犬の糞《ふん》』とか」

「想像以上に酷い名前だった！」

そんな名前で毎日呼ばれたら精神的に参ってしまう気がする。

「考えようだろ。酷ければ酷い名前なほど大事な子ってことにもなる」

「う～ん、向こうには向こうの価値観があるってことか」

メイユエと一緒にいるとそういうことを感じることが多い。

異文化コミュニケーションというか、物の考え方に差異を感じるのだ。

そういうときに、違う国の女の子なんだなと実感する。

「あ、そういえば担任に呼ばれてたんだろ？　なにかあったのか？」

そう尋ねるとメイユエは肩をすくめた。

「なんてことはない。部活に入らないかと案内を渡されただけだ」

そう言ってメイユエは鞄《かばん》の中から部活案内の冊子を取りだした。

転校生だしな。どこも部員数は不足気味みたいだし勧誘もされるか。

「部活に入る気なのか？」

「多少の憧れはあるな。カレムスタンにはなかったし」

そりゃあ話を聞く限り高校自体ないっぽいしな。

するとメイユエはもらった冊子をめくった。

「男女一緒の部活でないとダメだろう。女子部は亨《とおる》が入れないしな」

「ちょっと待て。俺も入るのか？」

「離れられぬのだから仕方あるまい。私がやるには亨も一緒でないとな」

「ちなみに亨くんって部活入ってたっけ？」

「いや、帰宅部だけど……」

愛菜の問いかけにそう答えると、メイユエは不敵な笑みを浮かべた。

「ならば問題あるまい。日本の部活というのはとても楽しいものだそうではないか。罰ゲーム付きのゲームをしたり、世界を大いに盛り上げたりするのだろ？」

「おいそこのアニメ脳」

目をキラキラさせてこいつは一体なにをのたもうてるんだ？

「生徒会というのも捨てがたいが、行事や雑務が面倒くさいし気に入った人材を集められるとも限らんからな。やはりやるならば部活であろう」

「言っとくが、うちの学校にゃ女子だけの軽音楽部も大文字三つの団もないからな」

「あの……二人ともさっきからなんの話をしてるの？」

聞くな愛菜。説明するのも面倒だし。

「それで、メイユエは一体どんな部活がしたいんだ？」

「……言われてみれば面白い部活はしたいが、なにかしたいことというのはないな」

「まあうちの学校は部活が盛んだし、どこもそれなりには楽しめると思うけど」

「美月さんが部活か～……あ、そうだ」

すると愛菜《まな》が何かを思いついたかのようにポンと手を叩《たた》いた。

「美月さんって遊牧民族なんだよね？　馬術部とかあればいいんだけど」

「ほう馬術部とな？」

愛菜はメイユエから冊子を受け取るとパラパラとめくった。

「馬に乗るのが活動だもん。美月さんなら即戦力だと思ったんだけど……」

「うむ。この日本で馬と触れ合えるのは良いな」

愛菜の提案にメイユエも乗り気なようだ。しかし……。

「……あー、ごめんね。やっぱりないみたい」

冊子に目を通していた愛菜が申し訳なさそうに謝った。

そりゃそうだ。農業高校でもないと馬術部なんてないだろう。

「まあ、あったとしてもやめといたほうがいいと思う」

俺がそう言うと、愛菜はキョトンとした顔で首を傾げた。

「どうして？」

「メイユエと知り合ってまだ数日だけど、文化の違いを感じることが多いからなぁ。同じようなことをしているからこそ、ちょっとの違いが気になりそう。乗馬だってヨーロッパとアジアじゃ勝手が違ったりするんじゃないか？」

俺が尋ねるとメイユエはコクリと頷《うなず》いた。

「カレムスタンでは鞍《くら》に腰掛けたりはせん。馬が疲れてしまうからな」

「えっ、じゃあどうやって乗るの？　まさか直《じか》に背中にとか？」

「そんなことをしたら世の男性が泣く……らしい。どうなのだ？」

「ああ……考えただけでゾッとするよ」

　ロデオマシンにクッション無しで乗るようなもんだからなぁ……。

　きっと悶絶《もんぜつ》することになるだろう。

「我が国では縄や布で輪っかを作って、それを馬の背に掛けるのだ。馬の背には直には座らず、輪っかの左右の両端に足をかけて太ももで背を締めるようにして乗る」

「自転車の立ち乗りのような感じなんだね」

「西洋式でも早駆けさせるときは腰を浮かすらしいがな。競馬とかそうであろう？」

「そういやジョッキーってみんな立ってるよな」

　テレビでしか見たことないけど、どの騎手も立ち乗りだったと思う。

「ともかく、これだけの違いがあるんだ。メイユエも自分を抑えて他人にあわせるみたいなことは苦手だろ？」

「ふむ。……まあ、そうだな」

　メイユエも自覚があるようで、不満顔ながらも頷いた。

　メイユエは相手にあわせられるようなタイプじゃない。

　周りが西洋風の乗馬を強いても、我を通そうとするはずだ。

そんな個人のワガママを許してたら、部活として成り立たなくなる。

「さすが旦那様だね。奥さんのことは理解しているって感じ?」

愛菜が苦笑しながら言った。……勘弁してくれ。

「むぅ……ならばどんな部活が良いと言うのだ」

メイユエに恨めしげな目をされた。そんな目で見るなって。

「なにかしたいことはないのか? 折角日本にいるなら、みたいな?」

そう尋ねると、メイユエは腕組みをしながら唸《うな》った。

「したいこと、な。そう言われても思いつかんな」

「目指せ、甲子園」

「女子は公式戦出られんだろうが」

「目指せ、武道館」

「武術か? 楽器か?」

「目指せ、国技館」

「相撲!? そもそもなんでさっきから場所限定なのだ」

「あとは……目指せ、モスクワ?」

「グループ名はジンギスカンだけど、ドイツのグループだぞ」

「よく知ってるな……」

知っていることと知らないことの差が随分と激しいようだ。

「さてはカレムスタンではテレビ放送ばっかり見てただろ」

「うぐっ……べ、べつに良かろう。情報収集は大事だ」

「とくにアニメが好きみたいだし、いっそそっち関係の部活に入ったらどうだ？」

探せばマン研とかアニ研くらいあるだろ。

しかしメイユエは「う～ん」と首を傾げていた。

「それも悪くはないと思うが……やはり身体《からだ》を動かすほうが性に合っている」

「それなら、やっぱり体育会系が良さそうだね」

愛菜はもう一度部活の紹介冊子をパラパラとめくった。

「球技・水泳・陸上・武道……大小併せてかなりの数があるみたいだね。似てるのも結構あるね……少林寺拳法部と少林拳部ってなにが違うんだろう？」

「あぁ、少林寺拳法は日本の武術なんだよ。発祥は四国だったかな」

「そうなの？　詳しいんだね」

「俺の行ってた中学は武術系が強かったからね。友達がやってたんだ」

その後も俺と愛菜でいろいろ提案してみたが、メイユエは首を捻《ひね》るだけだった。

「もっとこうオリジナリティーがあるモノがいいのだが」

「カバディ部や躰道《たいどう》部なんてのもあるぞ？」

「そういうのではなく、もっとこうドタバタで毎日退屈しないのがいいんだ」

「それって……つまりアニメ的・漫画的『部活』がいいと」

「まぁそうなるな」

「そんな部活あるか！」

思わずエア卓袱台《ちゃぶだい》返しを決めていた。このアニメ脳め。

「お前なんか『中二病部』でも入ってればいいんだ！」

「それこそそんな部活あるわけ無いだろう！」

「あったよ」

「「　あるの!?　」」

額を突き合わせていた俺たちは二人同時に振り返った。

その様子にビクッとしながらも、愛菜はそのページを開いて俺たちに見せた。

そこにはデカデカと『開運部』という名前があった。

開運部？　なんだそりゃ？　メイユエも首を捻っていた。

「なんだこれは？　中二病部ではないではないか」

「えっ、気になるのそこ？」

「美月さん。活動目的欄を見てください」

「なになに。活動目的……『悪縁が結ぶ悪運を祓《はら》い、良縁を導きます』？」

「これは……間違いなく中二病部だな」

なんだよ、悪運を祓うって。どういう活動をしているんだ？

「いっそ見学してみますか？」

愛菜にそう聞かれたけど、俺は首を横に振った。

「やめとこう。首を突っ込むだけ損なニオイがするし」

「そうだな。一日体験入部くらいならやってみたい気もするが」

「えっ、マジ？」

メイユエに正気かと目で尋ねると、彼女は肩をすくめた。

「興味本位だ。長く続けようとは思わん」

「ふ～ん。まあすぐに決めるものでもないんじゃないか？」

「そうですね。後日また話し合うってことでいいかと」

愛菜の言葉に俺もメイユエも頷いた。


愛菜とは駅前で別れて、メイユエと並んで我が家へと帰る道すがら。

「なあ亨。愛菜と亨とは……いや、いい」

メイユエがなにか言おうとして口ごもった。

「ん？　愛菜がどうした？」

「べつに。少々馴《な》れ馴《な》れしいところもあるが、良い子だなって思っただけだ」

プイッとそっぽを向きながらメイユエは言った。……なんなんだ？

【なぜなに？　カレムスタン3】

カレムスタンの言語って？

亨　「カレムスタンの言葉って、カレム語なんだっけ？」
美月「うむ。モンゴル語に似ていて、ある程度の単語は共通している」
亨　「んー、和製英語みたいな感じ？」
美月「呼び名そのままが日本語として定着しているような感じだな。イクラとか」
亨　「イクラ？　あの軍艦巻きに載ってる？」
美月「イクラはロシア語だ。魚卵という意味だな」
亨　「そうだったの!?」
美月「なんで亨が知らないのだ……まあともかく、そんな感じでモンゴル人が呼んでる呼び名を我々も使っているという場合は多い。馬はアドーだしな」
亨　「へ～」
美月「まあアドーは総称であって、種馬ならアズラグ、去勢馬ならモリ、雌馬ならグー、生まれたての子馬はオナガ、一～二歳はダーガという」
亨　「多くない!?　一回聴いただけじゃ憶えらんないぞ」
美月「私たち遊牧民にとって家畜は糧であり、宝であり、誇りだからな。自然と呼び名も多くなったのだろう」

亭　「ふ〜ん。じゃあモンゴル語も結構しゃべれるの？」

美月「まあそれなりにはな。中国語とかもちょっとはわかるぞ」

亭　「日本語もしゃべれてるし、四カ国語話せるってハイスペックだな。なんか語学ネタ的なものってないの？　『ナイトに会いたい』『えっ、それって夜に会いたいってこと？　それとも騎士に会いたいってこと？』……みたいな？」

美月「うっ……無茶振りだな。えっと、それじゃあ……モンゴル人に『この魚はウグイ（コイ科の淡水魚）ですか？』と尋ねたら、『ウグイ』と答えました。さあどっち？」

亭　「？　ウグイだって言ってない？」

美月「だからそれだとどっちかわからないだろう」

亭　「？？？」

美月「（笑）モンゴル語で『ウグイ』とは『NO』という意味なのだ」

亭　「ああ、なるほど。たしかにどっちかわからないな」

美月「ここで勝ち誇ったようにウフフと笑うと縁起が悪くなる」

亭　「それまたどうして？」

美月「『ウフフ』とは『死』という意味になるからだ」

亭　「……お見事」

4, 一歩一歩の歩み寄り

私が日本《ヤポン》の高校に通うようになって数日が経《た》った。

ここでの暮らしも段々と慣れてきている。人間関係などについてもだ。

良いヤツが居れば悪いヤツも居るのは、どの国も変わらないだろう。

そう思えば、いまの私は恵まれた環境に居ると言える。

余所《よそ》の国に居ながらも従者の飛文は近くに居てくれるし、亨《とおる》の妹の須玖瑠《すぐる》は私を「義姉《ねえ》さん」と言って懐いてくれているので可愛《かわい》らしい。

冥婚相手である亨とはしょっちゅう言い合いにはなるものの、それでも一緒に行動することに慣れてきてもいた。最初の頃に比べて亨も反発的ではなくなっている。たまにこちらを気遣うような言動が増えてきて、調子が狂うくらいだ。

学校でも亨や愛菜《まな》とは違うクラスになったが、クラスメイトたちは突然の転校生である私を邪険に扱うこともない。外国人だからと不当な扱いを受けることもなく、みんな気さくに接してくれている。

ただ……どうしても、生まれによる価値観の差異は存在している。

これは今日、授業の合間の休み時間での出来事だ。

『美月《みづき》さんの手足、ほっそりしててキレイだよね～』

『ホント、肌もツヤツヤだし』

『カレムスタン……だっけ？　その国の人ってみんなそうなの？』

私の前にやってきたクラスメイトの女子三人組がそう話しかけてきた。いかにも仲良しといった様子のこの三人は、転校以来なにかと私を気に掛けてくれている。

『いや、気を付けないと日焼けするのはどこも変わらないと思うぞ？』

私がそう答えるとその中の一人が『そっかー』と頷《うなず》いた。

『私、最近……その……増えちゃったから、ダイエット頑張らないと』

そう言った彼女に対し、友人二人は眉根を寄せていた。

『またアンタはそんなこと言って。全然太ってないじゃん』

『そうだよ。前に無理して拒食症になりかけたって言ってたし』

どうやら友人たちは彼女の減量に消極的なようだ。

たしかに私の目から見ても、彼女が太っているようには見えなかった。

『でもさ～、増えちゃったものは増えちゃったんだし』

しかしその子は自分の脇腹をムニッと摘《つ》まんで溜息《ためいき》を吐《つ》いた。

『ああもう、ホント脂肪が憎いわ。胸に付いてくれるならともかく、お腹《なか》周りや二の腕にばっかり付いちゃうんだから』

『まあ、気持ちはわかるけどね……』『うんうん』

ふむ。友人たちも気持ちはわかるのか。

脂肪は悪いものだという認識。私はその辺がよくわからないのだがなぁ。

すると友人の一人が私のほうを見た。

『ね？　美月さんもこの子が太ってるとは思わないよね？』

そう尋ねられて、私はコクコクと頷いた。

『そうだな。太っているようには見えん』

『ほらー』『だから言ったじゃん』

私の言質《げんち》を取って説得しようとする友人たち。しかし……。

『そもそも脂肪とは悪いものではないだろう？』

『『『えっ？　』』』

続く私の言葉に三人はキョトン顔になっていた。

『私の居た国では、脂肪とは豊かであることの象徴だ。ある程度肉付きが良いのはちゃんと稼ぎがあり、食事にありつけていることの証《あかし》だからな。【良くも悪くもない】という意味の言葉に【脂肪でもなく、腺でもなく】がある。もちろん脂肪は素晴らしいもの、食えない腺は悪いものの象徴だ』

『『『……………』』』

『其方《そなた》がそれ以上痩せ細ったら、私の国では貧乏でまともな食事もできないのかと蔑まれてしまうぞ。さすがに不摂生でブクブク太っているのは論外だが、いまの其方くらいの体型なら嫁のもらい手にも困らないだろう』

私は彼女の健康的な体型を誉《ほ》めたつもりだった。

しかし女子三人組は気まずそうに視線を逸《そ》らしたのだった。

『ま、まあ……美月さんは外国暮らしが長かったみたいだし？』

『人によって価値観って違うわよね』

『ごめんね。変なこと聞いちゃって』

そう言って三人はソソクサと自分たちの席へと戻っていった。

まるで話が通じない相手を、怒らせないように気を遣うような感じで。

まただ。たまに私はこういう扱いをされる。

いじめられたり、陰口を叩《たた》かれたり、不当な扱いを受けているわけではない。

だけどこうやって、過剰に気を遣われるというのは気分が良くなかった。そうされるくらいなら、亨のように真《ま》っ直《す》ぐにぶつかってきてくれるほうが気が楽だ。

直接やり合えば、私が悪かったのかと悶々《もんもん》とすることもないし。

（まあ……その亨も亨なのだがなぁ……）

あの日、亨と話している愛菜を見たとき、自分の胸がざわついた。

当たり前のことだけど、亨には亨の交友関係が存在していたのだと気付かされたからだった。私と冥婚する前にも亨には亨の人生があって、その中で亨が思いを寄せた相手や、亨に思いを寄せていた相手も居たかもしれないのだ。

そうあらためて考えると……モヤモヤする。

半ば無理矢理結ばれた亨との冥婚関係だけど、その関係に第三者が介入してくるかもしれないと考えると腹立たしくなる。そんな自分の反応が自分でも不思議だった。

（こういうときは、やっぱりコレだよな）

月の晩。私は再び馬頭琴《モリンホール》を持ってベランダへと出た。

（心のモヤモヤは風と音色に流してしまおう）

そんなことを思いながら、馬頭琴の弦を撫《な》で、弓を弾く。

「……」

いい気になって弾いていたこのときの私は気付かなかった。

そんな自分の姿を亨が見ていたと言うことを……。

◇　◇　◇

朝の教室。俺がスマホでいくつかの画像を見ていたところ……。

「おはよう、亨くん」

いま登校してきたばかりらしい愛菜に挨拶された。

「おはよう、愛菜」

「なんだか難しい顔してたけど、なにを見てたの？」

鞄《かばん》を置きながらそう言った愛菜に、俺はスマホの画面を見せた。

そこに映っているのはだだっ広い緑の平原と、遥《はる》か遠くのほうに見える青い山。そんな空間にぽつんと立つ白い天幕と、草を食《は》む馬たち。

「モンゴルの景色？」

愛菜が目をパチクリとさせながら聞いてきたので、俺は頷いた。

「『モンゴル高原』で画像検索したら出てきた画像。メイユエの故郷のカレムスタンもこんな感じの風景なんだそうだ」

「綺麗《きれい》なところなんだね。でも、なんで見てたの？」

「……どうもメイユエがアンニュイ？　メランコリック？　そんな感じでさ」

愛菜に昨日の夜にも見た光景を説明した。

月の夜に一人、ベランダで、故郷の歌を馬頭琴で奏でるメイユエの姿を。

話を聞いた愛菜も真面目な顔で考え込んでいた。

「それは……なんとかしてあげたいね」

「うん。だけど、冥婚自体はすぐにどうこうできるものでもないからな。なにかしら……代わりのものでメイユエを慰められないかなって思って」

「ふふっ、奥さん思いな旦那様だね」

愛菜にクスクスと笑われて、俺は肩をすくめた。

「魂だけの関係だけどな」

「肉体だけの関係より健全だと思うけど？……でも、そうだね。この風景に近いとなると、パッと思いつくのは阿蘇《あそ》の草千里《くさせんり》かな。もう少しすれば夏休みだし、旅行に連れてってあげたらどう？　冥婚旅行って感じで」

「なんか冥府に旅立つみたいで嫌だな……」

俺は頭をガシガシと掻《か》いた。

「でもなぁ……それもなんか違う気がするんだよなぁ……」

「違う？」

「上手《うま》く言えないんだけど……そうだな。たとえばいまここに、カレーを食べたくて食べたくて仕方ない人がいるとする」

「ふむふむ」

「その人にハヤシライスを差し出して、似たようなものだしこれで満足しろ……っていう感じかな。ちょっと傲慢というか。それならまだカレー味のお菓子をあげて『代わりにはならないかもしれないけど、いまはこれでガマンしてほしい』とお願いするほうが相手に対して誠実な気がする」

「えっと……つまり草千里は美月さんの故郷っぽく見えたとしても、実際の故郷ではないから、それで慰めた気になるのはなんか嫌だ……みたいなこと？」

「うん。まあ、そんな感じ」

俺は頬杖《ほおづえ》を突くと、ふうと溜息を吐いた。

「望郷の念を和らげつつ、一方で完全には満たせるようなものではないことがハッキリとわかるようなもののほうが……良いような気がするんだ」

「ふふっ。ちゃんと考えてるんだ」

「あと、単純に熊本《くまもと》まで行く予算がない」

「……いろいろ台無しだよ」

愛菜は呆《あき》れたように溜息を吐くと、小首を傾《かし》げた。

「う〜ん。美月さんが故郷で好きだったことを一緒にやってみるとか？」

「好きなこと……そういえばメイユエは馬術が達者だって言ってたな」

「近場で乗馬体験でも探してみる？」

「遊牧民族だし、パカポコ走るくらいじゃ満足できないだろう。もっと風を感じられるようなもののほうが……っ」

そこで俺はあることを思いついた。

スマホを取り出すと、家にいるだろう飛文にトークアプリ（緊急時の連絡用に出掛けにＩＤアドレスを交換していた）で知りたかったことを尋ねる。

返事はすぐに来た。とくに問題はなさそうだ。

（よし。あとは……）

俺の分はある。メイユエの分はどうしよう。

メイユエの実家（とくに母）は裕福みたいだし、飛文に頼めば用意してくれそうな気もするけど……頼りっきりなのもなんか違う気がする。

できるだけ自分が持っている人脈でなんとかしたい。

「ちょっと行ってくる」

「ん？　なにか浮かんだの？」

「まあね」

俺は愛菜《まな》にヒラヒラと手を振りながら廊下に出ると、俺はメイユエの居る一年B組の前を素通りして、階段を降り、二年生の教室がある三階（うちの高校は一年が四階、二年が三階、三年が二階と学年が進む毎《ごと》に上る階段が減っていく）へとむかった。

そして二年C組の教室の中を覗《のぞ》き込むと、お目当ての人はすぐに見つかった。

「居た居た。威堂《いどう》先輩、ちょっといいですか？」

呼び掛けると、教室の前のほうで明るめな髪の女子生徒と談笑していた、ショートヘアでボーイッシュな感じの女子生徒が振り返った。

話があることを示すように手招きすると、彼女はこっちに歩いてきた。

「志田《しだ》じゃない？　どうかしたの？」

「ちょっと威堂先輩に頼みたいことがあって」

「頼みたいこと？」

俺は威堂先輩に頼み事の内容を説明した。

話を聞き終えた先輩は腕組みをしながら難しい顔をした。

「う～ん……私はべつに構わないんだけど、私が持ってるのってドロップよ？　初心者がいきなり扱うのは難しいと思うわ」

「ああ……そうですよね。俺のもドロップだし、どうするか……」

頭を悩ませていると威堂先輩はポンと手を叩いた。

「あっ、ちょっと一緒に来てくれる？」

そう言うと威堂先輩は、俺を教室の後ろの方の席で本を読んでいた男子生徒のもとへと案内した。その男子生徒は俺たちに気付くと首を傾げた。

「威堂さん……と、誰？」

「あー、えっと、一年の志田亨《とおる》です」

軽く自己紹介をすると、威堂先輩が彼の机に手を突きながら言った。

「ねえ八城《やしろ》。たしかフラットバーのヤツ持ってたわよね？」

「え？　ああ、うん」

八城と呼ばれたその生徒は頷《うなず》いた。

そして威堂先輩はさっき説明したことを、八城先輩にも話して聞かせた。

「……というわけなの。彼に貸してあげてくれない？」

「んー……まあいいか。ちゃんと返してくれるなら」

八城先輩は少し面倒そうな顔をしていたけどアッサリと了承してくれた。

「ありがとうございます！　助かります！」

俺が手を合わせて感謝すると、八城先輩は居心地が悪そうに頬を掻いていた。

威堂先輩が「やっぱアンタって面倒見が良いわよね」と言うと、八城先輩は「面倒ごとに巻き込まれやすいだけなんじゃないか」と溜息《ためいき》交じりに肩をすくめていた。

とにかく、これで必要な道具は確保できた。

メイユエを満足させられるかはわからないけど、やれるだけやってみよう。

◇　◇　◇

次の日曜日の朝。

「まったく、なんだというのだ」

今日、私は亨から「行きたいところがあるから付き合ってほしい」と言われていた。

百メートル以上離れられないという制約のため、私たちが出掛けるにはどうしてもお互いの同行が必要で、一々相手の許可を取らなければならない。

面倒だが、今後、私が行きたい場所へ行くためにも、亨の同行が必要であることを考えると無下に断れない。

渋々了解した私だったが、亨は先に飛文に話を通していたようだ。

朝起きたら飛文にシャツとホットパンツという軽装に着替えさせられ、露出した手足や顔にUVケア用のクリームを塗りたくられることになった。

「ちょっ、飛文、なにを……ひゃっ!?」

「女の子なんですから紫外線対策はキチンとしませんと、チンギス・ハンの肖像画みたいに真っ赤になってしまいます。十年後に苦労しますよ？」

飛文に真顔で言われ、私は言い返せずにされるがままになった。

私がそんな風にこそばゆい思いをしている間に、亨は玄関から外に出て行った。

（ん？　一緒に出掛けるんじゃなかったのか？）

と、思ったが、どうやら玄関先で何やらゴソゴソやっていた。

すると、何かの物音がして、外から亨のものではない男の声が聞こえた。

『ほら、持って来たよ』

『ありがとうございます』

亨の声も聞こえる。なにか話しているようだ。

『でも……なんで貸す側の俺が届けなきゃいけないのさ』

『わざわざすみません。わけあってここを離れられなくて……』

『……まあいいけど。それじゃ』

どうやら相手の男は帰っていったようだ。

「はい、お嬢様。終わりましたよ」

ちょうどそのとき飛文のUVケアも終わったようだ。

やっと解放されたかと思いきや、いきなりナップザックを渡された。

「必要になりそうなものを入れておきました」

「だから、一体なんだというのだ！」

「それは主殿《あるじどの》の口からお聞きしたほうが良いでしょう」

飛文は「行ってらっしゃいませ、お嬢様」と頭を下げた。

答えるつもりはないらしい。亨に直接聞けってことか。

仕方なくナップザックを背負って玄関へ向かうと、いま起きたばかりといった様子の須《す》玖瑠《ぐる》と出くわした。

「……義姉《ねえ》さん？」

髪の毛をぼさっとさせて眠い目を擦《こす》っている須玖瑠が首を傾げた。

「どこかにお出かけ？」

「うむ。亨が出掛けたいらしくてな。付き合わされることになった」

私がそう言うと須玖瑠は目をパッと見開いた。

「デートだ」

「なっ、違うぞ!?　私は仕方なくだなっ」

「べつにムキにならなくても。二人は夫婦なんだからデートくらい普通」

「しょ、所詮は魂だけの関係だ」

「すっごく強い繋《つな》がりに聞こえるけど？」

うぐっ、言ってて私もそう思った。

須玖瑠に「おたっしゃで」とハンカチを振られながら、私は玄関を出た。

そこにはTシャツにハーフパンツという動きやすい格好をした亨。

その横には黒と白の自転車が一台ずつあった。普段使いのママチャリとは違い、シャープなデザインからスポーツ用だとすぐにわかるその自転車。

白い方は真《ま》っ直《す》ぐ真横に伸びたハンドル。

黒い方はくねっと曲がっているハンドルで、山羊《ヤマー》の角を逆さにしたみたいだ。

「どうしたのだ？　この自転車は」

「黒いほうは私物。白いほうは借り物」

私の質問に亨はそう答えると、腰に手を当てながら笑った。

「今日はサイクリングに付き合ってもらおうと思ってさ」

「サイクリング？……なぜだ？」

「百メートル以上離れられないからって、休みの日にどこにも出掛けられないのもつまらないだろう？　だったら、お互いのしたいことに付き合って出掛けるほうが健康的だと思ったんだ。まずはお試しってことで……ほら」

そう言うと亨は私に自転車用のヘルメットを差し出してきた。

「飛文から聞いたけど、自転車には乗れるんだろ」

「バカにするな。母上から誕生日にプレゼントされたことがある」

ヘルメットを受け取りながら私は鼻を鳴らした。

カレムスタンの地面はほぼむき出しの大地だったこともあってか、貰《もら》ったのはマウンテンバイクだった。そのときに乗り方は習得していたのだけど、カレムスタンだとやっぱり馬で駆けたほうが速いので、ずっと天幕の脇に放置していたっけ。

(日本ならば使い勝手がよさそうだし、母上に頼んで送ってもらおうかな?)

そんなことを考えていると、亨は「ならOKだな」と苦笑していた。

「メイユエは借りた白いほうに乗ってくれ。俺のはドロップハンドルだから慣れがいるしな。サドルは多少下げてあるけど、調節が必要そうなら言ってくれ」

「……まあ、いいか。どうせ暇だしな」

私はヘルメットを被《かぶ》ると白いスポーツバイクに跨《また》がった。

足もすぐ着くし、高さも問題なさそうだ。

「それで、サイクリングと言ってもどこまで行くつもりなのだ?」

「荒川沿いのサイクリングロードを北西に。あとはついてのお楽しみ」

ふむ……なにやら含みのある言い方だが、いいだろう。

亨は自分の黒いスポーツバイクに跨がった。

「まずは慣らし運転も兼ねて速度は抑えめにするから、百メートル以上間が開かないように付いてきてほしい。慣れたら前に出てもいいし」

「わかった」

「それじゃ、行くよ」

亨が自転車で走り出すと、私もその後を追ってペダルをこぎ出す。

（あっ、ペダルが軽い）

さすがスポーツタイプ。スイスイ進む。

直進する速度は、草原で乗ったマウンテンバイクとは大違いだ。

（おおおおお！）

踏み込むペダルに力を込めれば期待以上の加速をしてくれる。

すると先行する亨が振り返って言った。

「どう？　調子は」

「ふふっ、悪くないな」

「そりゃあ良かった」

私たちはそのまま走り、水門の近くから荒川のサイクリングロードへ入る。

そのまま川沿いを上流のほうへと走っていく。

日差しが強く暑いが、汗が滲《にじ》んだ肌をなでる風が気持ちいい。

これはあれだ。去勢馬《モリ》で遠駆《とおが》けをしているときのような気分だ。

アスファルトのサイクリングロードは信号がないため、カレムスタンの草原のように、どこまでも走って行くことができる。

勢いに乗った私は、先行していた亨を追い越してみせる。

「おーい、あんまりとばすとバテるぞー」

亨にそう言われたが、構うものか。

「風を感じたいのだ。この感覚は久しぶりだからな」

「……そうかい」

私の返答に亨は苦笑していた。

まるで私が楽しそうにしていることを喜んでいるかのようだった。

(……変なヤツだ)

私はその表情の意味がわからないまま、ペダルをこぎ続けたのだった。

途中で亨と前後を入れ替えながら進むのも、友との早駆《はやが》けっぽい。

朝霞《あさか》の水門を越えて、途中未舗装の道があるところでは一旦土手から離れたりしながらズンズン進む。よく晴れていたため遠くに青い山が見えた。

「亨。あの山はなんだ？　随分遠くにありそうなのにハッキリ見えてるが」

「富士山だよ。ここからでも見えるくらいデカい」

「おお、アレが富士山なのか」

大きな橋から対岸に渡って、そこからはクネクネとした小道を進む。

「大丈夫？　疲れてない？」

併走してきた亨がそう聞いてきたが、まだまだ余裕だった。

「大丈夫だ。まだまだ走れるぞ」

「OK。これなら目的地まで一気に行けそうだな」

「目的地？」

「着いてからのお楽しみだ。ここからは後を付いてきてくれ」

そう言って亨《とおる》は先導するように走り出した。

私もしっかりとその背中にくっついていく。

しばらく走ると木が鬱蒼《うっそう》と茂った道に入っていった。

初夏の日差しが木漏れ日となり、地面に散らばっていて綺麗《きれい》だ。すると……。

「ほい。到着」

「ここなのか？……ん？　この臭いは……」

鼻を突く臭い。匂いではなく臭いだ。

決して良い香りというわけではないが、嗅ぎ慣れたその臭いは間違いない。

「獣臭がする。家畜たちの臭いだ」

「家畜って……まあそうだけど言い方がなぁ」

亨は苦笑しながら近くにあった看板を指差した。

「牧場なんだよ。都心に近くて大して大きくないけど、牛もブタもニワトリも飼ってる」

「ほう。それは……良いな」

家畜は生きる糧。家畜は宝。家畜はご馳走《ちそう》。

とくに馬《アドー》・羊《ホニ》・牛《ウフル》・山羊《ヤマー》・ラクダ《テメー》の草原の五畜《タワン・ホショー・マル》は天からの恵みだ。

まあカレムスタンにラクダは居ないし、牛よりヤク《サルラグ》のが多いけど。

沢山の家畜を見るとやはりテンションが上がってしまう。

「やっぱり遊牧民族のお姫様としてテンション上がる？」

苦笑気味に言う亨に、私はフフッと笑った。

「これでアドー……馬がいれば尚《なお》良いのだが」

「さすがに馬はなぁ……もっと大きな牧場とかテーマパークにでもいかないといないだろう。あとは競馬場ぐらいか？」

「それは残念だ」

「まあでも、ここの自家製ジェラートアイスは絶品だぞ？　お陰でこの牧場はサイクリストたちのオアシスになってるんだ」

そう言われて見回せば、周囲にはスポーツバイク用の装備に身を包んだ者が沢山居た。

親子連れのお客のほうが数としては少ないくらいだった。

自家製ジェラートか。なんとも魅力的な響きだ。


「んーまいっ《アムトウタエ》！」

大きな木の下、木漏れ日が散らばるテーブル席。

ジェラートをスプーンで一口含んだ私は口元が緩むのを感じた。

ここのジェラートは柔らかだがクリーム感より牛乳感が強く、ベタつかずにサラリとした口溶けで、のど越しもスッキリしている。

これが初夏の日差しの中、自転車を漕《こ》いで疲れた身体《からだ》に染み渡る。

私たちはカップの二種盛りを頼んだのだが、私はシンプルにミルクとイチゴミルク、亨はクッキー&ミルクとピスタチオの味を頼んでいた。

「せっかくの牧場ジェラートだろう？　シンプルイズベストではないか？」

斑点と緑色という亨のジェラートを見て私は言った。

すると亨は自分が食べていたカップを差し出してきた。

「せっかく種類があるんだし、色々試したほうが楽しいだろ？」

そう言うと亨は自分のカップを差し出してきた。

これは……味見して良いってことなのだろうか？

「……もしかして、そのためにべつの種類にしたのか？」

「食べかけとか気にしないなら」

「それは……べつに気にはならないが」

「あーん、ってしてやろうか？」

「そ、それは遠慮する」

自分のスプーンでピスタチオ味の部分を一口もらう。

あっ、うまっ。スッキリ感は変わらないのに、まったく違った美味《うま》さだ。

そうして舌鼓を打っていると、亨が微笑《ほほえ》ましそうに見ていることに気付いた。

「……なんだ？」

「いや、美味そうに食べてるなって思って」

「ここのジェラートは美味いだろうが」

「それはそうなんだけどさ」

するとは「うーんっ」と大きく伸びをした。

「メイユエと一緒でも、案外楽しめるもんだなって」

それは……私も感じていたことだった。

価値観が違いすぎてイライラすることも多かったが、今日のお出かけは楽しい。

思い返すと、今日の亨は随分と私を気遣ってくれていたと思う。

飛文を通して事前に私が自転車に乗れることを調べたり、私用の自転車を用意したり、サイクリング中も疲れていないかどうか気を配ってくれた。

ジェラートも食べさせてくれたわけだし。

すると亨はテーブルに頰杖《ほおづえ》を突きながらクスリと笑った。

「お互い、意図せず結んでしまった冥婚だけどさ。解消されるまでにはもう少し時間が掛かるだろうし、それまでの間、ギスギスしてるのも居心地が悪いだろう？　ギスギスしたところで冥婚が解消できるわけでもないし。だったら……」

「なるべく仲良くして、居心地を良くしたほうがマシということか」

価値観を押し付けられるわけでもなく、気を配ってもらえるということ。

押し付けがましくもなく、ありのままを受け入れてもらえるということ。

その居心地の良さを、今日だけでだいぶ理解できた気がした。

自分が肩肘を張らなければ、誰とでもそれなりの関係を築くことはできる。亨とも、他のみんなとも、そういうものなのかもしれない。

「……今度は、私の行きたい場所に付き合ってもらうぞ」

「ＯＫ。どこか行きたい場所が？」

「どうせなら海とか行きたいな。カレムスタンは内陸国だから」

「う～ん……それじゃあ湘南《しょうなん》とか伊東《いとう》方面かな？」

「海産物を腹一杯食べたいぞ」

「泳ぎたいとかじゃないのか……」

「遊牧民族の中には魚食は禁忌にしている国もあるがな。我が国では燻製《くんせい》魚は普通に食べるぞ？　さすがに生魚は日本にでも来ないと食べられないが」

「漁港の近くが良さそうだな。三崎《みさき》とか大洗《おおあらい》とか」

「ふむ……想像したら、なんだか腹が減ってきたな」

「もうお昼過ぎてるしな。このあと、上尾《あげお》駅のほう行ってなにか食べよう」

「帰りも来たときと同じ川沿いの道を帰るのか？」

「いや、疲れてるし国道沿いをまっすぐ帰ろうかなって。最短経路で」

「そうだな」

「途中に天然温泉があるから寄っていこう」

「それは良いな！　サッパリできそうだ」

楽しく、この後のことを語り合う私たち。

今日一日で居心地の悪さのようなものはだいぶ薄れた気がした。


サイクリングで掻《か》いた汗を天然温泉で流し、帰宅したころにはさすがに疲れていた。

晩ご飯まで居間のソファーでゴロッとしてたい気分だ。

すると玄関先で亨が「あっ」と言って手を叩《たた》いた。

「メイユエ。部屋に入ったらしばらく寝てるか、座ってるかしててくれる？」

「ん？　なぜだ？」

「借りてた自転車を返してこないと行けないからさ。百メートル以上離れるのは確実だし、自転車漕いでる最中に魂抜かれたら危ないだろう？」

「ああ……って、私は幽体離脱確定なのか!?」

「メイユエは借りた相手の家を知らないし、面識もないだろう？」

「それはそうだが……」

「こういうことにも慣れていかないといけないんだろうなぁ」

「あまり慣れたくはないぞ」

やれやれと肩をすくめた後で、私はふと思いついた。

「というか、それなら、最初から一緒に返しに行けば良くないか？」

私がそう言うと、亨は目をパチクリとさせていた。

「帰りは歩きだぞ？　疲れているんじゃないか？」

「むー。それを言うなら亨も同じだろう」

一緒にサイクリングして、亨とも真《ま》っ直《す》ぐに向かい合えた気がしていたのだ。

ここで気を遣われるなど水くさいではないか。

「楽しいサイクリングだったからな。それくらい付き合うさ」

「……そっか」

私がニカッと笑うと、亨も苦笑しながら頷《うなず》いたのだった。

◇◇◇

亨と美月《みづき》がサイクリングに出かけていたころ。

志田《しだ》家の居間で飛文はノートＰＣと向かい合っていた。

須玖瑠《すぐる》も図書館に行くと言っていたので、いまは家に飛文一人だけだった。

そしていま、飛文が見つめているＰＣ画面には、美月によく似た面持ちの、キャリアウーマン風の女性が映し出されていた。

張美月《チャン・メイユエ》の母、西条《さいじょう》・張・美晴《みはる》だった。

家電業界の大手『サイジョウ電機』の女社長である。

そんな美晴が口を開いた。

『飛文。あの子はお婿くんとうまくやれている？』

尋ねられた飛文は「はい、奥様」と頷いた。

「息を吹き返した当初こそ反発もあったようですが、段々と折り合いがついていっているようです。主殿《あるじどの》にしても、故郷に帰れないお嬢様を気遣ってくださっています。今日は二人でサイクリングに出掛けられました」

「フフッ。上手《うま》くやっているようで安心したわ」

厳しい表情だった美晴は、そこでようやく安堵《あんど》したように笑みを浮かべた。

『あの子が交通事故で死んだと聞かされ、茫然自失《ぼうぜんじしつ》のまま風習だからと冥婚を許可し、今度は生き返ったと聞かされる……ここ一週間で十年老けた気がするわ』

「そんな。奥様は若々しいじゃないですか」

実際、美晴は十五歳の娘を持つ母とは思えないほど若い見た目をしていた。

するとと美晴は苦笑した。

『だとしたら、アンチエイジングの賜物《たまもの》ね。気を付けていないと……気苦労の多さからどんどん老け込んでしまいそうだし』

「……心労はお察しします」

『あの人も取り乱していたわ』

「汗様《ハンさま》がですか？」

汗様とは美晴の夫で、美月の父であるカレムスタンの汗（王と同義）だった。

美晴はやれやれといったように肩をすくめた。

『国で相当荒れていたらしいわ。結果的には未遂に終わったとはいえ、娘の命を脅かした者は絶対に許さないって。指を切り取って炎に焼《く》べてやるそうよ』

「それは……怒り心頭ですね」

「まったく。メイユエのことになると、あの人はシクシルゲになるわ」

「勇士ホンゴルの父なみですか。それはまた……」

叙事詩『ジャンガル』の勇士ホンゴルの父であるシクシルゲは、ホンゴルが嫁取りのために婿候補と相撲を取っていた際、乱入しそうだからと五千人の男たちに抑え付けられていたにもかかわらず撥《は》ね飛ばし、対戦相手の婿候補を投げ飛ばしたという。

ちなみに当時五歳とはいえ、すでに魔物討伐などで名を上げていたジャンガル（後の主君）を捕虜にしたこともある、とんでも父さんだったりする。

そんなシクシルゲのような怒りっぷりと聞き、飛文はドン引きしていた。

（まあお嬢様が死にかけたのだからその反応も当然でしょう……）

カレムスタンに血の雨が降るのではないだろうか。

飛文はそんなことを思い、その考えを振り払うように頭を振った。

「それより、お嬢様の命を脅かした者がいるということは……」

『ええ。あの交通事故は事故などではないようね』

亨《とおる》とメイユエが〝二人同時に死ぬ〟原因となったトラックによる交通事故。

原因はトラック運転手の飲酒運転だとされていた。

「……トラック運転手はすでに捕まっていますよね？」

『カレムスタンで【呪《まじな》いの洞窟】が使われた形跡があったそうよ』

その言葉に飛文は目を瞠《みは》った。それはカレムスタン人の禁忌だ。

もし【呪いの洞窟】が誰かに使用され、その悪意が美月に向かったのだとしたら、偶然の事故も偶然とは言い切れなくなる。

『とんだ愚か者《チョトン・ノヤン》が居たものね』

飛文が言葉を失っていると、美晴が吐き捨てるように言った。

『いま、あの人が国で犯人の洗い出しを行っているわ。私も日本から協力している。……お婿さんに挨拶に行くのは当分先になりそうね。謝っておいてね』

「それは構いませんが……【呪いの洞窟】が使われたのだとしたら、お嬢様の危険は去っていないのではありませんか？」

飛文の不安げな問いかけに、美晴は神妙な顔で頷いた。

『……そうね。でも、不幸中の幸いというべきか、あの子はお婿くんと冥婚して、魂を結んでいるのでしょう？　向こうの呪術師の話だと、狙われたのはあの子の魂だけだから、お婿くんの魂が加わったことで呪いの効力も弱まるらしいわ』

「ですが、それって主殿も否応《いやおう》なく巻き込まれるということなのでは？」

『そっちも謝っておいて』

「またですか……」

『いまは協力してもらうより他にないもの。それに、いまあの子が死んだら、お婿くん
……亨くんだっけ？　彼もまた死ぬことになるんでしょう？』

「冥婚で魂が繋《つな》がっていますからね。一蓮托生《いちれんたくしょう》になるかと」

『だからこそ、彼にも頑張ってもらわないと』

するとと美晴はフッと笑った。

『もしこの難局を乗り切った暁には、本当に我が愛娘《まなむすめ》をあげてもいいわ』

「……お嬢様が聞いたら怒りますよ？」

『あら、妻なら夫に甲斐性《かいしょう》のあるところを見せてほしいものじゃない？』

「私は未婚なのでわかりかねます」

飛文が嘆息すると、美晴はクスクスと笑った。

そして次の瞬間には真面目《まじめ》な顔になると、画面越しの飛文に頭を下げた。

『飛文。あの子のこと、お願いね』

「はい。この命に代えましてもお守りいたします」

飛文もそう力強く頷いたのだった。

【なぜなに？ カレムスタン4】

カレムスタンの自然と産業

亨 「たしかモンゴルに似た草原地帯なんだっけ？」

美月「うむ。モンゴルのような砂漠地帯は存在しないが、青い草地とその草を食む馬《アドー》たちがいる風景はたしかに似ている。だが四方を高い山に囲まれているため、地平線が見えるような場所はないいな」

亨 「『彗星神話』だっけ？ 隕石でできたクレーターが草原になったたっていう」

美月「うむ。だから夏場以外は遠くに雪を被った青い山々が観られるな」

亨 「う〜ん……阿蘇草千里のイメージだったけど、話を聞いていると長野とかのほうが近いか？ 日本アルプスが見える松本盆地あたり？」

美月「よくわからんが……まあそんな山々からの雪解け水のおかげで、水源にはこまらんぞ。そんな雪解け水が溜まった美しい湖もあるしな」

亨 「へ〜。聞いてる感じだと観光地とかにもなりそうだな」

美月「実際、母上はグループの慰安旅行場所として我が国を使ってるな」

亨 「さ、さすが大企業」

美月「なかなか好評のようだぞ。大テントに泊まらせると……ぐらんぴんぐ？ とかいうのみたいだと、女性社員に好評なようだ」

亨　「いやまあ本物のゲルだしな。グランピングのテントより豪華だろう」

美月「若い社員さんたちには乗馬体験が人気だ。日本だと公道をパカポコとしか走らせられなくても、我が国なら全力の早駆けが体験できるからな。新入社員は乗馬ができて初めて一人前だと言われている」

亨　「お前の母さんの会社って家電大手だよな？　使う機会はあるのか？」

美月「年配の方たちは山沿いの温泉に入り浸っている。昔は泥っぽかったり岩を積んだだけだったけど、母上が手を加えてそれなりの施設に拡充された」

亨　「めちゃくちゃ力を入れてるんだな」

美月「……ぶっちゃけ、母上が慰安旅行を企画して、社員さんたちが落としてくれるお金の方が、家畜の取引で手に入るお金よりも多いのだ」

亨　「うわ、切実っぽい……」

美月「【銀は白い、目は赤い】」

亨　「どういう意味？」

美月「銀は白く輝いているが、それを見つめる人の目は赤くギラギラとしているという意味だ。頭の固い年寄り連中も、この件には文句を言ってこないしな」

亨　「結局、先立つものはお金ってことか」

5, タマフリ

日曜日のサイクリング以来、メイユエとの間に流れていた険悪な空気は薄らいだ。

お互いに妥協し、相手を尊重するということを憶《おぼ》えたためだろう。

険悪なままでいるのも居心地悪いだけだしな。

どうせ離れられないのなら、適度に仲良くやっていくことに落ち着いたのだ。

そんなある日の朝。メイユエと一緒に登校する道すがら。

「なっ!?」

不意に、背筋にゾワッとしたものを感じた。

なんだろう。なんだかすっごく嫌な予感がする。

まるで眉間に尖《とが》ったものを徐々に近づけられるような不快な感覚だ。

「?　どうかしたのか?」

急に足を止めた俺を見て、メイユエが不思議そうに小首を傾《かし》げているけど、俺は無視して周囲をキョロキョロと見回した。すると……。

「っ!?　メイユエ!」

「えっ?」

俺は咄嗟《とっさ》にメイユエの腕を摑《つか》むとグッと引き寄せた。思っていたよりも軽く、華奢《きゃしゃ》な彼女の身体《からだ》が俺の腕の中にすっぽりと収まってしまう。

間近で見てメイユエの目がまん丸に見開かれていた。

「ちょっ、亨！　こんな真っ昼間っからなn」ガチャンッ！

メイユエが文句を言い終わるよりも前に、さきほどまでメイユエが立っていた場所に植木鉢が降ってきた。地面に激突した植木鉢は砕け散り、中の焦げ茶色の土を撒《ま》き散らしている。……もう少し反応が遅れていたらと思うとゾッとする。

（……はあ……危なかったぁ……）

「なぁっ……えっ……？」

メイユエは事態が呑《の》み込めずに目を白黒させていた。

するとそんな俺たちの頭上から焦った声が降ってきた。

「す、すみません！　おケガはありませんでしたか!?」

見上げると道路脇にあったアパートの三階のベランダから、青い顔で下を覗《のぞ》き込んでいる女性がいた。どうやらあの植木鉢はあそこから降ってきたようだ。

すると女性が転げ落ちるかの勢いで降りてきて、俺たちにペコペコ頭を下げた。

「本当にごめんなさい！　ちょっと手すりに置いたつもりが落ちてしまって！　本当におケガとかはありませんか!?　救急車を呼ぶ必要は!?」

「ああ……大丈夫だが……なあ？」

女性に謝り倒されて、メイユエが困ったように俺のほうを見た。

まあ女性の様子から察するにただの過失なのだろう。

一歩間違えれば命に関わる大事故になりかねなかったとはいえ、俺もメイユエも無事だったわけだし、警察に届け出て各種手続きをするのも手間だ。

「メイユエは怒ってる？　許せない、とかある？」

「いやいや！　べつにそんなことはないぞ！」

「だったらまぁ、今回は許すってことでいいんじゃない？」

真っ青な顔をしてひたすらペコペコ頭を下げている姿から、ちゃんと申し訳ないと思ってくれているみたいだし。

俺たちはその人に後始末だけお願いして、そのまま学校に向かうことにした。

「文字どおり、降って湧いたような災難だったな」

俺がそう言うと、メイユエは「まったくだ」と肩をすくめた。

「ジャンガルに【死ぬのは無人の荒野で】とあるが、あんな死に方はしたくないぞ」

「一回死んでるけどな、俺たち」

「だからまぁ……その……ありがとう。助けてくれて」

メイユエはそっぽを向きながら頬を掻《か》いていた。

素直に感謝を口にするのが照れくさいのだろう。

「どういたしまして、お嬢様」

俺が苦笑気味に言うと、メイユエはフンと鼻を鳴らした。

「しかし、よく咄嗟に動けたな。引っ張る力も強くてビックリしたぞ」

「うっ……アレか……」

「なにか武道の心得でもあるのか？」

痛いところを突かれて、今度は俺がそっぽを向く番だった。

メイユエが不思議そうな顔でこっちを見ている。

「なんだ？　一子相伝《いっしそうでん》の殺人拳とかか？　いかれた時代にようこそなのか？」

「アニメの見過ぎだ。……いや、ある意味正解に近いんだけど」

俺は観念して、自分の中で黒歴史にしていることを話すことにした。

「ほら、俺の居た中学は武道系の部活が盛んだったって言ったろ？　俺はその中にあった『古武道部』っていうのに所属してたんだけど……ちょっと変わっててな」

「変わってる？　どんなところが？」

「顧問の先生が武器マニアで、居合刀《いあいとう》とか、鎖鎌《くさりがま》とか、ティンベー（亀の甲羅の盾）・ローチン（短槍《たんそう》）とか、十手《じって》とかを集めてて、使い方の研究とかしてたんだ」

「それは……なんというか……」

メイユエが言葉を濁した。痛い部活だとハッキリ言ってくれ。

「一応、基本的な武術の型みたいなのは教えてくれるんだけど、それよりも先生のコレクションを使って、マンガやアニメの必殺技を再現してみようって部活だったんだ。で、中学時代の俺はその部に所属して、いろんな必殺技を模倣してたわけ」

「それはまた……」

俺が遠い目をしながら言うと、メイユエがどういう顔をすればいいかわからないといった顔をしていた。もういっそ笑い飛ばしてほしいところだ。

「居合を極めればカマイタチが発生して、離れた相手を斬れると思って必死に練習したなぁ……あとでカマイタチはタダのヒビ割れだと知って唖然《あぜん》としたっけ」

「おうふ……」

俺が遠い目をしながら言うと、メイユエが不憫《ふびん》そうな顔をしていた。

すると励まそうとしたのか、俺の背中をバンバンと叩《たた》いた。

「ま、まあどんな部活であっても、人並み以上に動けるようになったと思えば無駄ではなかろう！　そのおかげで私も助かったわけだしな！」

「……そうだな」

咄嗟に動くことができたから、こうしてメイユエとバカ話もしていられるのだ。

ちゃんと人を守れたことで黒歴史も少しは報われたような気がした。

◇　◇　◇

その日の三限目。

『……はあ。今度は俺の番か』

「授業なのだから仕方なかろう」

メイユエのクラスは三、四限目は家庭科室で調理実習らしい。

メニューはハンバーグと野菜スープか。

教室に居た俺とは百メートル以上離れてしまったため、この前の体育のときとは逆に、俺の魂が身体から引き摺《ず》り出されてしまったのだ。

『……俺の身体、大丈夫かなぁ』

「休み時間になったら見に行くから我慢しろ」

「美月《みづき》さん？」

メイユエのクラスメイトの女子に変な顔をされた。

魂状態の俺は愛菜《まな》のような霊感の強い人間以外には、姿は見えず声も聞こえず状態なので、メイユエが独り言を呟《つぶや》いている様に見えたのだろう。

「な、なんでもないぞ」

メイユエが慌てて首を横に振ると、その女子は「そう？」と首を傾げた。

「それじゃあ美月さんはタマネギをみじん切りにしてくれる？」

「うむ。任せろ」

メイユエはドンと胸を叩いたけど……大丈夫なのだろうか？

『料理苦手なんだろ？　できるのか？』

「バカにするな。短刀の扱いなら慣れているぞ」

『包丁と短刀は違うと思うけど』

「それでは早速……」

『って、いきなり逆手《さかて》に持つな！』

ヤンデレが包丁を振り下ろすときみたいな持ち方をしやがった。

「？　頸動脈《けいどうみゃく》を切って血抜きをするのにはこの持ち方のが楽だろう？」

『いつからタマネギは血を流すようになったんだ』

「では、こうか？」

『両手持ちするな！　あと左手は食材に添えろ。「猫の手」とか知らないのか？』

「猫の手《モール》だと？　日本《ヤポン》ではそのようなものまで食べるのか!?」

『全国の動物愛護団体と愛猫家が怒りそうな想像はやめろ！』

これは本気でなんとかしないと、マジで大ケガしそうだ。

いっそ俺が代わってやれれば良いんだけど……あっ。

（そういえばこの前、メイユエは男子生徒の身体に入って操ってたよな？）

あれと同じことが俺にも、メイユエ相手にもできるのだろうか？

『……なあメイユエ？』

「なんだ？」

『ちょっとお前の中に入っていい？』

「うにゃっ!?」

メイユエは驚きの声を上げると、自分の身体をかき抱きながら距離を取った。

うん。セクハラされそうになった人みたいなリアクションやめて。

「い、いきなりなにを言い出すのだ、貴様は」

「美月さん？」

「な、なんでもないぞ！」

またクラスメイトの女子から不審な目で見られて、メイユエは首を振った。

そして周囲の目を気にしながら小声で言った。

（「一体、どういうつもりなのだ!?」）

『見てて危なっかしいから代わろうかと思って。ほら、メイユエもサッカーのとき、男子生徒の身体の中に入って操ってただろ？　あんな感じで』

（「ああ……いやでも、しかしなぁ……」）

さすがに身体を貸すのは抵抗があるのか渋るメイユエ。

『昼ご飯。自分の作ったハンバーグで良いのか？』

「……わかった。頼む」

自分の料理の腕前を理解しているようで、メイユエは素直に頷《うなず》いた。

了承を得られたことで、俺は背後から抱きしめるように彼女の身体に入っていく。

「『　ひゃわっ!?　』」（ぬぷっ）

その瞬間、思わず変な声が出てしまった。

「み、美月さん？」

クラスメイトの女子にまた不審な目（今回は困惑込み）で見られた。

「いや、本当に！　なんでもないから！」

メイユエは慌てて否定したけど、なんでもないことはなかった。

（なんなんだ、この感じ!?）

メイユエの中に入り込んだ瞬間、得も言われぬ感覚が全身を包み込んだ。

温かく、生々しく、心地よく、こそばゆい……。

喩《たと》えるならばそう、お互い裸で抱き合ったままお湯に浸《つ》かったり、毛布に包《くる》まったりしている感じというか……そんな快感と気恥ずかしさを同時に感じる。

（「ちょっと待て、魂状態で人の中に入るのってこんな感じなのか？／

私が知るか！／

だってこの前、男子生徒の中に入ってたじゃん！／

こんな感触はなかったぞ！　着ぐるみの中に入っているぐらいの感覚だった！」）

メイユエの口から、俺とメイユエ二人分の言葉が話されていた。

つまり、一つの身体に二つの魂が宿っているということなのだろうか。

一つの身体に二つの魂……あっ。

『取り込んだ魂の力を受けて自分の魂を活性化させることを【タマフリ】と言います。タマフリによって活性化された魂は、異能の力に目覚める場合があります』

そういえば、飛文が前にそんなことを言っていたっけ。

(「なるほど、これがそのタマフリか。言われてみれば……この前、男子の身体《からだ》を借りたときも、若干の身体能力の向上は感じられたな／

ああ、そういえばゴール前までは無双してたっけ／

うむ。しかしこれほど強い結びつきを感じることはなかった。他人の身体に入るのと、魂が繋《つな》がった相手と一緒の身体に入るのとではなにもかもが違うようだ」)

そんなことを一人（?）でブツブツ言っていると、またクラスメイトたちの視線が集まってきた。これ以上怪しまれるのもマズいか。

(「まずは調理に集中しよう。身体の主導権をもらうぞ／

わかったが……変なところ触ったりしたら半殺しにするからな」)

全殺しにしないのはメイユエも死んじゃうからだろう。

とりあえずメイユエの身体を使って野菜を切り始める。

トントントントン……。

メイユエの身体だというのにとくに違和感もなく動いている。

それがまた不気味だった。

(なるほど。上手《うま》いものだな)

頭の中にメイユエの感心したような声が響く。

(あっ、口に出さなくてもコミュニケーションは可能なのか／

そのようだな。しかし須玖瑠《すぐる》が誉《ほ》めていただけのことはある……って、照れるなよ。なんだか誉めてるこっちまで照れくさくなるだろうが／

そんなことまで伝わっちゃうのか!?）

本当に二人で一人の人間になったかのような感覚だった。

タマフリって……実はとんでもなくヤバいものなんじゃないだろうか。

そんなことを頭の片隅で考えつつも、手際よく調理を進めていく。

「きゃっ！」

そのとき、少し離れたテーブルの女子生徒同士の肩がぶつかり、その拍子に一人の女子生徒が持っていたサラダオイルが床にビチャッと撒《ま》かれることになった。

そして折り悪く大きな段ボールを抱えた大柄の男子生徒が通りかかった。

おそらく家庭科の先生に、材料の不足分を準備室から取ってくるよう言われていたのだろう彼が持つ段ボールには、タマネギやニンジンなどの野菜が詰まっていた。

かなりの重量があるようで、大柄の彼も重そうにしている。

「うわっと!?」キュキュッ！

次の瞬間、そんな彼が床の油に足を取られて、前につんのめった。

同時に彼が持っていた段ボールが前方へと投げ出される。

「危ない！」

クラスメイトの声で我に返ると、投げ出された段ボールが真《ま》っ直《す》ぐメイユエ（俺）の顔面目がけて飛んでくるのが見えた。

ヤバいと思った俺は咄嗟《とっさ》に段ボールに向かって手を翳《かざ》した。

(……あれ?)

ペタッと段ボールに触れた瞬間、段ボールの運動エネルギーが消えるのを感じた。

正確にはキャッチボールでボールを受け取ったあとのような感覚だ。

「おっと?」

次の瞬間には自由落下を始める段ボールの下側に手をやる。

すると大柄の男子生徒が両手で運んでいたような重量のある段ボールを、片手でしっかりと受け止めることができた。重いのに重くない。

重さは感じるのに、それをまったく苦に感じなかった。

「おい、マジか」

「すごい……美月さん」

クラスメイトに呆気《あっけ》にとられたような目で見られていることに気付いた俺(メイユエ)は、慌ててドサッと段ボールを床に置いた。

そして呆然《ぼうぜん》としているみんなの前で、受けとめた手をブラブラと振った。

「か、火事場の馬鹿力ってあるんだなぁ」

メイユエ(俺)がそう言うと、みんな納得したような……そうでもないような……そんな無理矢理納得しようとしているような顔で頷いたのだった。

◇◇◇

「……とまぁそんなことがあったんだよ」

「へぇ～」

昼休み。位置的には家庭科室の真裏にあたる、校舎裏の一角。

俺と愛菜《まな》はそこで弁当を食べていた。

家庭科室でできたものを食べているであろうメイユエと離れないためだった。

食べているのは飛文が作ってくれた炒飯《チャーハン》と唐揚げ弁当だった。

今日はメイユエが調理実習なので弁当は要らず、須玖瑠の中学は給食があるので、俺の分だけ用意させることになってしまった。

俺としては心苦しかったのだけど、主殿《あるじどの》の昼食を購買の菓子パンなどで済ませるのはメイユエの従者として看過できないと飛文に押し切られた形だった。

言うだけあって飛文の料理は本当に美味《おい》しい。

飛文。いつも感謝してます。

「でも、こうも頻繁に魂が抜けるとなると大変だね」

自分のお弁当の卵焼きをパクつきながら愛菜が言った。

俺は「そうだよなぁ」と肩を落とした。

「まぁでも、百メートル以上離れるのはグラウンドや体育館に出る体育のときと、校舎の右上にある教室と左下にある調理室で別れる家庭科くらいだし、対策を立てられないこともないかなって」

「最初から美月《みづき》さんがうちのクラスなら良かったんだけどね」

「それには同意する」

メイユエの実家ならそこら辺ごり押しすることもできそうなものなんだけど、そのことに思い至らないくらい忙しいのかもしれない。

ちなみに三限目と四限目の間の休み時間。

俺はメイユエの身体に入ったまま自分の教室へと戻り、体調不良だと言って愛菜の手を借りながら、自分の身体を保健室に運んだのだった。

そして四限目に料理を作り終えた後で、俺は自分の身体へと戻ったのだった。

弁当は愛菜に連絡して鞄《かばん》ごと持って来てもらった。

「なんか面倒見てもらって悪いな」

俺が頭を下げると、愛菜は微笑《ほほえ》みながら首を横に振った。

「気にしないで。亨《とおる》くんも美月さんも観《み》てて飽きないからね。間近で見学させてもらえるなら、これくらいのことならいくらでも協力するよ」

どうやら俺たちは愛菜（奇人変人ドンとこい）のお眼鏡《めがね》に適《かな》ってしまったらしい。

愛菜は心底楽しそうだし……助かるから良いんだけどさ。

「しかし……タマフリなぁ」

「さっき言ってた美月さんの身体の中に入ったらパワーアップしたってアレ？」

「うん。案外、いろんなことに応用できるのかも」

蘇生《そせい》だけでなく、身体能力向上の効果まであったからな。

他にもなにかできるようになるのかもしれない。

そんなことを話していたときだった。

「私はあれを『【龍神娘】《アジュ・メルゲン》モード』と名付けようと思う」

いつの間にかそばに立っていたメイユエがそんなことを言った。

調理実習は四限目から実食してたし、お昼を食べ終わったのだろう。

「ハンバーグ、どうだった？」

「うぐっ……うむ、美味《うま》かったぞ。感謝している」

「あれ、なんだか素直？」

愛菜が目をパチクリとさせていた。

メイユエはバツが悪そうに腕組みをすると、フンと鼻を鳴らした。

「どうせ離れられんし一蓮托生《いちれんたくしょう》なのだから、多少は歩み寄ることにしたのだ」

「へー。うん、良いと思うよ」

愛菜に微笑まれて、メイユエは照れたように頬を掻《か》いていた。

「それで？　あじゅ……なんだっけ？」

俺が尋ねると、メイユエは「【龍神娘《アジュ・メルゲン》】だ！」と言った。

「アジュ・メルゲンは『ゲセル・ハーン』に出てくるゲセルの妃《きさき》の一人だ。龍神の娘で、弓の名手であり……まあとんでもなく強くてカッコイイ女性武将だな」

「ふ～ん……巴御前《ともえごぜん》とか孫尚香《そんしょうこう》みたいな感じか？」

「シャライゴルの三ハーンが攻めてきた際には、【人中の鷹《たか》】ジャサ・シヘルをはじめゲセル配下の三十勇士のほとんどが戦死したときでも、四十先鋒《せんぽう》を蹴散らし、敵の太子を射殺し、一万一千の兵を斬り殺した上で戦場を脱出している」

「とんでもなさすぎだろ……」

いや強すぎじゃない？　呂布《りょふ》とか越えてるだろ。

「っていうか、その叙事詩だと配下壊滅しちゃうのか？」

「まあ次の章でほとんど生き返るがな」

「命が軽いな!?」

でえじょうぶだ、龍の球で生き返ぇれる……くらいの軽さだ。

なんかその叙事詩に微妙に興味湧いてきたんだけど。

するとメイユエはその場で「はっ！」「ほっ！」と掌底《しょうてい》や蹴りを放った。

気を付けないとスカートの中が見えちゃうぞ。

「亨が私の身体に入ることで、私の身体能力は大幅に向上される。それに亨も武術の心得があるようだし、力と技を兼ね揃《そろ》えられたら無敵だろう。まるでアジュ・メルゲンのようではないか」

「……まあ、良いんだけどさ」

メイユエは楽しそうにしているし、とやかく言うこともないだろう。

すると愛菜が小首を傾《かし》げた。

「それじゃあ逆に、亨くんの身体に美月さんが入ったらどうなるんだろう？」

そう尋ねられて、今度は俺とメイユエが首を傾げる番だった。

「う～ん……やっぱり、身体能力の向上なんじゃないか？」

「こればっかりはやってみないとなんとも言えんだろう。亨、いまから百メートルを全力疾走して、私の身体から魂を抜きだすのだ。試してみよう」

「嫌だよ。疲れるし。それに自分の身体を使われるというのも抵抗がある」

「うっ、それには同意する。それに……あの感触はなぁ」

二人で一人の身体に入ったときのあの感覚を思い出したのか、メイユエは頬を染めていた。その表情に俺まであの生々しい感覚を思い出してしまう。

あの裸で抱き合っているかのような感覚を……。

「？　なんで二人とも真っ赤になってるの？」

「「……………」」

愛菜に尋ねられたけど、俺たちはなにも答えられなかった。

【なぜなに？ カレムスタン5】

カレムスタンの神話

亨　「なんかいろんな神話があるみたいだな」
美月「うむ。大きなところだと国の成り立ちを伝える『彗星神話』と、あとは『ゲセル・ハーン』と『ジャンガル』という叙事詩を有している」
亨　「この前言ってた、アジュなんちゃらが出るヤツだよな」
美月「アジュ・メルゲンだ。『ゲセル・ハーン』のほうだな」
亨　「結局どういう神話なんだ？　日本の古事記とか？」
美月「いや、そういうのとは違って口伝……つまり語り継がれることで受け継がれてきた神話だな。だから場所によって伝承の細部は違ってくるし、語り継がれた土地ごとに内容が変わってくる場合もある」
亨　「文字で記録されてるわけじゃないからか」
美月「モンゴル方面だと『ゲセル・ハーン』だが、チベットのほうにも『ケサル王伝』として伝わっているそうな」
亨　「ケサル……なんかカエサルっぽい響きだな」
美月「案外関係があるのかもな。シルクロードは東西の事物が行き交う場所だし」
亨　「カレムスタンは迂回ルートなんじゃゃ？」

美月「……迂回ルートだってルートだろう。事物もそこそこは集まる」

亨「いい加減だな……それで、その『ゲセル・ハーン』ってどんな話？」

美月「世が乱れしとき、帝釈天の子ウイル・ブトゥークチが人間に転成して王となり、十方の妖魔やハーンを平定して世に安寧をもたらす……という感じか」

亨「なんか世紀末なアニメのＯＰみたいなあらすじだな……」

美月「まあ口伝のせいで物語の前後関係がわからないから、最後に安寧をもたらせたかどうかよくわからないのだけどな」

亨「それは神話としてどうなんだ？」

美月「語り部次第で新たな物語を紡ぐこともできてしまうからな。最終的には『俺たちの戦いはこれからだ！』って感じで終わるのだろう」

亨「唐突な打ち切りエンド!?」

美月「まあ叙事詩の長さで言ったらキルギス人が持っている『マナス』のほうが数倍長いぞ。なにせマナスの後継のことまで語られるし。……あれを最後まで暗唱できる人間など居たのだろうか？」

亨「遊牧民族半端ないな……」

6，寺生まれのT・I先輩

数日後の朝。

飯観山《いいかんやま》高校へと続くちょっと長めの坂道をメイユエと並んで歩いて行く。

うちの高校は二つの駅に近くてアクセスはいいのだけど、駅から校舎までは緩いけどちょっと長い坂道が続いていて、毎朝登るのが地味にしんどかった。

戦国時代には大名の支城が築かれたくらいの小山で、中腹にはお寺もある。

「それでだな。アジュ・メルゲンは強くて美しいが苛烈な面もあるのだ。三ハーンの軍勢からの脱出後に身を隠していた際、帰国したゲセルが近くを通ったとき、彼の来訪を教えてくれなかった子供を怒りにまかせて射殺したりもしてる」

「ほうほう」

登校の途中、俺はメイユエのアジュ・メルゲン談議を聞いていた。

この前、メイユエたちカレムスタン人が保有している叙事詩がなかなかぶっ飛んだ内容だということを知り、興味が出たので語ってもらっていたのだ。

代表的な叙事詩は『ゲセル・ハーン』と『ジャンガル』の二つだ。

このうち『ジャンガル』のほうはわかりやすい。

誉れ高い【一代の孤児】聖王ジャンガルと勇士たちの物語なのだけど……。

①、聖王ジャンガルか宰相&軍師ポジションの【千里眼】アルタン・チェージが○○に□□という敵が居て、この国に攻め入ろうとしていると予言する。
②、その□□を捕らえてこいと配下の勇士に言う。
③、勇士は苦難を乗り越えて敵の□□を捕虜にし、追ってきた敵軍を撃破。
④、戦勝の宴《うたげ》の席で解放された□□は、ジャンガルよりも上座に座ると、「この地は永劫《えいごう》ジャンガルが治めるがいい」的なことを言って帰って行く。

派遣する勇士、苦難の内容、戦う相手は違えど、大体はこのパターンの繰り返しだ。

叙事詩は歌い継がれるものなので憶《おぼ》えやすさも大事なのだろう。

一方で内容がぶっ飛んでいるのは『ゲセル・ハーン』のほうだった。

帝釈天《たいしやくてん》の子供が地上の王として転生し、三十勇士と共に地上に蔓延《はびこ》る悪いヤツらを征伐していくという物語なのだけど……ともかく、描写がすごいのだ。

①、帝釈天からもらったアイテムで数万の敵を瞬殺。
②、勇士たちは割と死ぬが、割とすぐに生き返る。
③、偵察に出たはずの勇士が単騎で敵陣に突っ込んで暴れ回る（偵察とは？）。
④、三千三百万の敵を相手に、こちらも数百万を集めるが「三十勇士、三百先鋒だけで十

分じゃない？」と言われて、それ以外の兵は帰国させる（そして勝つ）。
⑤、地獄に行って閻魔《えんま》大王を捕まえる。

……と、これでも一部だけなのだが、とにかくやりたい放題なのだ。

いやもう破茶滅茶《はちゃめちゃ》すぎてむしろおもしろいわ。

ここまでフリーダムな神話はそうそうないだろう。

そんなわけで、ここ最近はメイユエの口から『ゲセル・ハーン』の神話について聞くのが楽しみになっていた。この感覚は流行《はや》っているマンガを友人から勧められて、なにがそんなに面白いのかという解説を聞いている感じに近いだろう。

自分の知らない面白い世界を知れるのは、なかなかに楽しい。

「アジュ・メルゲンってゲセル・ハーンの妃なんだろ？　その子供ってアジュ・メルゲンとゲセルの子供だったの？」

「うむ。そこは少し曖昧でな。アジュ・メルゲンは子供を射殺《いころ》す際に、『父親が薄情だから、子供までも冷たい』と自分に会わずに去ったゲセル・ハーンを当てこするようなことを言っている。ただその子供はゲセルに『母は最近、黒い男と争い〝勝ったり負けたり〟している』と意味深なことも言っている。その……勝ったり負けたりというのが……上になったり下になったりという意味なら……」

メイユエが言葉を濁して視線を泳がせた。

その仕草で大凡《おおよそ》のことを察してしまう。

「そっち方面の意味にもとれるな。というかそういう想像しかできない」

「う、うむ。ちょうどゲセル・ハーンが生死不明だった時期だしな。黒い男とよろしくやってできた子だから、あっさり殺してしまった……と解釈できなくもない」

「どのみち苛烈すぎるけど、まあ物語だし誇張もあるか」

「そんなアジュ・メルゲンも、よく敵に掠《さら》われるロクモ・ゴアが、自分を掠っていった魔王に取り入って甘い汁を吸い、その魔王が倒されたあとでゲセルにお仕置きされて、誰かの取りなしによって許される……というどこぞの美女スパイみたいなムーブをするようになると、ゲセルの伴侶にして相棒という地位を確立するようになるのだがな」

メイユエは苦笑しながら言った。

カレムスタンの神話の女性たちは強くて強か《したた》なんだな。

なんというか、さすがメイユエの国の神話だなぁと思ってしまう。

隣を歩く、勝ち気な女の子を見ていると特に。

「それじゃあ男キャラで格好良いのは誰なんだ？」

「三十勇士は皆カッコイイぞ。勇ましいがユーモアを忘れない【人中の鷲《わし》】シューミルや、【鶮《はいたか》の爪】と呼ばれてやたら十五歳であることが強調されるエルデニト・ナンチュンとかな。しかし一番はと言えばやはり【人中の鷹】ジャサ・シヘルだろう」

「ジャサ・シヘル？」

聞き返すと、メイユエは頷《うなず》いた。

「ゲセルの義兄であり、第一の勇士だ。ジャサはゲセルを主《あるじ》と崇《あが》めているが、ゲセルもジャサのことは兄として敬っている。知勇兼備の頼れる兄貴分だ」

「へぇー」

「北斗の拳ならトキ、キン肉マンならソルジャーといったところか」

「喩《たと》えとしてはどうかと思うのに、わかりやすいのがなんか悔しい！」

強くて優しい頼れる味方の筆頭という感じなのだろう。

するとメイユエはこっちを見て挑発的に笑った。

「亨《とおる》も男ならジャサ・シヘルのような男を目指すのだな。いまのままでは精々チョトン・ノヤンだろう」

チョトン・ノヤン？

「良い意味じゃないのはわかるけど……チョトンって？」

「ゲセルやジャサにとって叔父にあたる人物なのだが、すけべえで金に汚く、裏切りや悪巧みで味方を引っかき回す人物だ。最終的には失敗してひどい目に遭う」

「トリックスターとか狂言回しみたいな感じか？」

「鬼太郎で言うならねずみ男みたいなキャラだ」

「本当にわかりやすい喩えだな！」

愚か者の道化ってこと？

個人的にはそういう人間くさいキャラ嫌いじゃないんだけど……。

するとメイユエは俺を見ながら不敵に笑った。

「【男の胸に馬具を付けた馬が駆け巡る】という。草原の男はいつも馬で草原を駆け回る様を思い描くものだ。精々いい男になるのだな、旦那様（仮）」

「……はいはい、お嫁様（仮）」

そんなやりとりをしている間に、学校へと到着していた。


その日の二限目と三限目の間の休み時間。

俺とメイユエと愛菜《まな》は並んで廊下を歩いていた。

今日はうちのクラスが調理実習があるため、どうせ魂が抜けるのだからと、メイユエは体調不良だと訴えてあらかじめ保健室で横になることにしたのだ。

「美月《みづき》さんはどうするの？　保健室で大人しくしてる？」

愛菜に尋ねられたメイユエはアゴに手を当てて唸《うな》った。

「それもつまらんしなぁ。魂だけで二人の傍《そば》にいようかな？」

「……なんか取り憑《つ》かれてるみたいで嫌だな」

草場の陰から見守られてる感じだし。

俺がそう言うとメイユエは冷めた視線を向けてきた。

「この前は亨がそんな感じだったではないか」

「うん。まあ、そうだったけど」

「なんなら実食のときには憑依《ひょうい》しようか。もう一度ハンバーグが食べられるし」

「あれ？　美月さんってハンバーグ好きなの？」

「焼いた肉ならなんでも好きだぞ。炎と肉と脂を見るとテンションがあがる」

拳を握りながらそう力説するメイユエ。

さすが遊牧民族のお姫様だ。

(今度は焼き肉にでも誘おうかな……あっ、でも男女の仲とか俗説もあったっけ。まあメイユエは気にしないだろうし、魂だけとはいえ夫婦なんだから問題ないかな？)

そんなことを考えていた、そのときだった。

「ムムム！　やはり悪い縁の流れを感じますぞ！」

いきなりそんな声がしたものだから俺たちは前を見た。

すると進行方向に丸刈りの大男が立ち塞がっていた。

ネクタイの色からして二年生のようだけど、大柄でかなり筋肉質であり、またスキンヘッド一歩手前の丸刈り頭のためヤバい人物にしか見えなかった。

俺は咄嗟《とっさ》にメイユエと愛菜の前に出たが、その勝ち気さ故なのか、メイユエも前に出てきてしまったので二人で愛菜を庇《かば》うような形になった。

「……」

「何者だ、貴様は」

メイユエがそう尋ねると、その丸刈りは胸の前で手を合わせて、

「喝っ！」

と、文字どおり一喝した。

その大音声《だいおんじょう》に俺たちだけでなく、傍に居た生徒たちの注目も集めていた。

しかしそんな視線などものともせず、その丸刈りは言った。

「申し遅れましたが、我が輩は飯観寺《いいかんじ》辰明《たつあき》。高校二年生ですぞ」

って普通に自己紹介か！っていうか飯観寺？

「飯観寺って坂の途中にある？」

「我が輩の実家ですぞ」

俺が尋ねると、丸刈り……飯観寺先輩はアッサリと答えた。

「あの……その先輩がなんのようですか？」

愛菜がおっかなびっくりに尋ねると、飯観寺先輩は「うむ」と頷いた。

「少し前からこの学校内に、なにやら悪縁の気配が漂っていましたからな。どこから漂ってきているのか探していたのですぞ。そして……」

飯観寺先輩はビッとメイユエのことを指差した。

「お嬢さん。貴女《あなた》に強力な悪縁が纏《まと》わり付いておりますぞ」

「私かっ!?」

メイユエが目を見開いていた。

「いや、そもそも悪縁ってなんだ!?」

「我が家系の言い回しですが、まあなにかに取り憑かれたり、誰かに呪われたり……みたいなことと思ってもらえればいいですぞ。人や物の怪《け》の負の感情を受けてしまった結果、その人に悪いことが起こることを、我が家では悪縁と呼んでおるのです」

「はあ……って、え？　それってメイユエが呪われてるってこと？」

俺が尋ねると飯観寺先輩はハッキリと頷いた。

「ここ最近、なにか立て続けに不幸なことが起こってはおりませんかな？」

「いや、そんなこと……っ」

反射的にそう答えかけて……俺は思い当たることがあった。

通学路でメイユエの頭上に植木鉢が降ってきたこと。

家庭科室でメイユエに重量のある段ボールが降ってきたこと。

どちらも一歩間違えれば大ケガではすまなかっただろう。

メイユエも思い出したのか言葉を失っていた。

すると飯観寺先輩は懐から何かを取り出した。

「ちょっと失礼」

「えっ？　びゃっ!?」

飯観寺先輩が取り出したのは小さな霧吹きだった。

それをメイユエの頭に吹きかけたのだ。

すると次の瞬間、メイユエの身体《からだ》がグラリと傾いた。

「「うわっ」」

崩れ落ちそうになるメイユエの身体を、愛菜と二人で慌てて支える。

「いきなりなにをするんですか！」

メイユエを抱えながら飯観寺先輩を睨《にら》むと、彼はキョトンとした顔をしていた。

彼もまたメイユエが急に倒れたことに驚いているようだった。

「あーいや、我が寺の中から湧いている霊泉の水をかけただけですぞ。ある程度の悪縁ならこれで祓《はら》えるはずなのですが……まさか魂がごっそり飛び出してしまうとは。あなた方は一体何者なのですかな？」

「えっ」

そう言われてメイユエのほうを見ると、メイユエの身体の向こうに、驚いた表情で自分の身体を見下ろしている幽体状態のメイユエが居た。

魂が飛び出てる？　百メートル離れたわけでもないのに？

というかこの人、愛菜と同じく幽体状態のメイユエが見えている？

与えられた情報が多すぎて頭が混乱してきた。

キーン、コーン、カーン、コーン……。

そこで三限目の予鈴がなった。

あっ、マズい。授業が始まってしまう。

「メイユエ、自分の身体に戻れる？」

『う、うむ』

幽体のメイユエが自分の身体にスッと入っていった。

すると愛菜と二人で支えていたメイユエがパッと目を開いた。

その光景を見て、飯観寺先輩は驚きに目を瞠《みは》っていた。

「魂の出し入れが自由とは、なんと面妖《めんよう》な」

「アンタ一体……」

「亨くん！　このままだと授業に遅れちゃうよ！」

愛菜に言われて、俺も我に返った。

いまはこの変な人に関わっている時間はない。

急いで立ち去ろうとする俺たちの背中に、飯観寺先輩が声を掛けてきた。

「キミたちにはもう少し話したいことがありますぞ！　昼休みになったら部室棟の二階奥にある『開運部』の部室まで来ていただきたい！」

開運部。あの変な部活の関係者だったのか。

「毎回この作業はしんどいなぁ」

俺はハンバーグ用のミンチ肉を、氷水を張ったボウルの上でこねていた。

ビニール手袋越しにも肉がキンキンに冷えてやがるのがわかる。

こうすることで手の温度で脂が溶け出すのを防げるらしいけど、この工程、二回目なんだよなぁ。メイユエの中に居たときもやったし。

『頑張れ。美味《おい》しいハンバーグのタメだ』

「……俺はすでにメイユエの分も仕事してるんだけど？」

『ん？　なら代わるか？　私が作ったハンバーグを食べたいか？』

「ごめん。前言撤回する」

これが今日の昼食なのだ。美味しい物を食べたい。

『そうハッキリ言われると業腹《ごうはら》なのだがな……』

メイユエがぶすっとしていた。自分で振った話題だろうに。

そんな俺たちのやりとりを、同じ班になった愛菜が苦笑しながら見ていた。

「アハハハ……それで、二人はどうするつもりなの？」

「どうするって？」

「あの先輩の言ったとおり、部室に行くの？」

愛菜に尋ねられて俺はこねていたミンチ肉から手を離した。

「胡散臭《うさんくさ》いけど……行ったほうがいい気がする。いろいろ知っているみたいだし、これからのことを考えても話を聞いておいたほうがいいかなって」

「それっぽいこと言ってただけってことは？　ほら、なんとかバイアスってやつ。占い師がどうとでも解釈できることを言って、さも的中したかのように見せるアレ」

「いや、幽体状態のメイユエも見えてたし、愛菜と同じくらいの霊感みたいなものは持ってるんだと思う」

「あー……それもそうだね」

二人して首を捻《ひね》っていると、幽体のメイユエが腰に手を当てながら言った。

『まあ疑う気持ちはわかるがな。寺の生まれということは僧の家柄ということだろう。現れたラマ僧の正体はゲセル・ハーンか？　それとも魔王ロブサガか？』

「その喩《たと》えはよくわからないけど」

『ともかく、まずは話を聞いてみてからだ。少なくとも、あの私の魂を引き摺《ず》り出すことができた霊水？　アレは欲しいぞ』

「それはたしかに」

アレがあれば、わざわざ百メートル離れなくてもいいわけだしな。

今後の生活を考えるとできれば手に入れたいところだ。

「それじゃあ、昼休みにその『開運部』ってところに行くってことで」

『うむ』

「私も付き合うよ」

俺たちはそう言って頷《うなず》きあったのだった。

そして迎えた昼休み。

調理実習のため昼食の早かった俺と愛菜《まな》、それと身体に戻って早弁を済ませたメイユエの三人で、校舎横にプレハブを二つ積み重ねたような部室棟へとやって来た。

外付けの階段を上って二階へ上がると、最奥の部室を目指す。

鉄製の引き戸の上に『飯観寺公認　開運部』の看板が掛けられていた。

「それでは亨《とおる》も愛菜も。覚悟は良いな？」

「ああ」「うん」

メイユエが意を決したようにその扉を開いた。すると……。

「ひゃっ！」

部屋の中に居たのは大柄で丸刈りの飯観寺先輩ではなく、小柄で長い髪をぼさっとさせた女子生徒だった。ネクタイの色を見ると一年生のようだ。

色白で、長い前髪から覗《のぞ》く顔立ちは可愛《かわい》らしい。

ただ線が細いこともあり、床の間の日本人形っぽさもあった。

その女子生徒はメイユエがいきなり扉を開けたことでビックリしたようで、なんだかワタワタしながら部屋の角っこに移動していた。

「ん？　其方《そなた》はたしか……」

そんな女子生徒を見たメイユエがそう言った。

「……美月《みづき》さん？」

その女子生徒のほうもメイユエに気付いたようだ。

「知ってるのか？　メイユエ」

「うむ。たしか同じクラスの……シャオホンだっけ？」

「……南雲《なぐも》小紅《こべに》。中国語みたいに読まないで」

彼女、南雲小紅さんは涙目になりながら言った。

小動物のような言動と長い前髪から、彼女が陰の者っぽいのがわかる。

なにかとズケズケ言いがちなメイユエとは相性が悪そうだ。

俺は彼女の警戒をとくため手を挙げた。

「あー、驚かせたならごめん。飯観寺先輩に呼ばれて来たんだけど」

「……そうなの？」

一先《ひとま》ず、お互いの自己紹介を済ませることにした。

俺、愛菜、南雲さんはもちろんそれぞれ初対面だけど、メイユエも彼女のことを詳しくは知らなかったようだ。おい、それで良いのかクラスメイト。

「仕方なかろう。小紅は一人で居るところしか見てないし」

「美月さん、転校初日から人気者だから……私は人の輪に入るのは苦手なので」

見た目どおり、一人で居ることに落ち着きを憶《おぼ》えるタイプらしい。

俺もあんまり友達多いタイプではないので親近感が湧く。

「一人って、気楽で良いよな」

「良い」

「なんでそこで意気投合しているのだ？」

南雲さんと二人でウンウン頷いていたら、メイユエに白い目で見られた。

そんなことを話しているとひょっこりと飯観寺《いいかんじ》先輩が現れた。

「おお！　来てくれたのですな！」

「其方が来いと言ったのではないか」

メイユエが腕組みをしながら言うと、飯観寺先輩は首を横に振った。

「こちらは良かれと思って助言しても、聞いてもらえないことが多々ありましてな。どうにも胡散臭く見られてしまうようなのですぞ」

「そりゃあ……ねぇ」

「う、うん」

俺も愛菜も困ったように笑うしかなかった。

だってアンタ胡散臭いもん……とはさすがに言えないか。

「貴殿が見るからに胡散臭いからだろう」

って、おいメイユエ。正直に言いすぎだろう。

しかし飯観寺先輩に気にした様子はなかった。

「言われ慣れておりますからな。こうして来てくれるだけで嬉《うれ》しいですぞ。危険の芽を見つけておいて、なにも力になれないというのは寝覚めが悪いですからな。ささ、まずはこちらへ座ってくださいですぞ」

そう言って飯観寺先輩は人数分のパイプ椅子を出してくれた。

言葉にも誠意が感じられるし、見た目のわりには良い人なのかもしれない。

開運部の部室はフローリングの床に、作業台のようなテーブル、パイプ椅子、あとはいくつかの棚があるだけのシンプルなものだった。

棚の中にはお茶の食器や湯沸かし器などが収納されているだけで、怪しげな先輩の怪しげな部活の怪しげな部室にしては、ごくごく普通と言えるだろう。

ただ一つ。部屋の片隅にある棚を除いてだが。

その棚にはなにやら曰《いわ》くのありそうな日本人形などが陳列されていた。

他がありふれた物ばかりなので妙な異彩を放っている。

「あの、飯観寺先輩？　あの棚にあるものって」

気になりすぎて我慢できなかった愛菜が質問した。

すると飯観寺先輩は電気ケトルでお湯を沸かしながら答えた。

「ああ、それは南雲くんの私物ですぞ。大体がお祓《はら》い済みの品ですな」

「小紅の物なのか!?」

「ひゃうっ!?」

メイユエの声に南雲さんがビクッと肩を震わせた。

飯観寺先輩は「南雲くんは生粋のオカルトマニアですからなぁ」と笑い飛ばしていたけど……それでいいのだろうか、と思わず南雲さんをマジマジと見た。

危険人物なのはむしろこの娘のほうなんじゃ……。

そんなことを思っていると、飯観寺先輩が全員分のほうじ茶を出してくれた。

それぞれ席に着いたところで、落ち着いて話ができる態勢になった。

「さて、まずはこの開運部について話しますぞ」

飯観寺先輩がそう切り出した。

「この開運部は我が実家である飯観寺監修のもと、悪縁を絶ちきり、良縁を導くことで開運へと繋《つな》げるということを活動目的にしておりますぞ」

「えっと……さっきも言ってましたけど、その悪縁というのは？」

尋ねると、飯観寺先輩は懐から数珠《じゅず》を取り出してテーブルの上に置いた。

「この世のすべての理《ことわり》は、この数珠のように繋がっているもの。人と人、人と物などを繋ぐ縁は常に存在しており、その働きで幸にも不幸にも左様するというのが我が寺に伝わる教えなのです。簡単に言えば、人に呪われるのは人との悪縁。幽霊や妖怪に祟《たた》られるのはそういった存在との悪縁。その悪縁を絶ちきり丸く収めましょう、と」

「それはつまり、悪霊退治とかですか？」

「退治しているつもりはありませんが、そう見えることもあるでしょうな。月の模様が諸人によって異なって見えるのと同じですぞ」

ん〜、なんか禅問答みたいでよくわからないな。

「それで、メイユエに悪縁とやらがついていると？」

「そうですぞ。私にはなにやら良からぬ縁がメイユ……」

「あっ、私のことは美月《みづき》と呼んでほしい」

メイユエがそう口を挟んだ。

そう言えば、成人前の女性は親と伴侶以外、真名を呼んじゃいけないんだっけ？

飯観寺先輩は「了解ですぞ」と頷いた。

「それでは……美月くんになにやら良からぬ縁が纏《まと》わり付いているのを感じるのです。おそらくは呪いの類いではないかと思われます。それも、強力な」

「呪い？　誰かに呪われてるってこと？」

思わずメイユエのほうを見ると、メイユエはブンブンと首を横に振った。

「身に覚えなどないぞ!?」

「先程も尋ねましたが、ここのところ不幸な目にあってはいませんかな？」

飯観寺先輩に尋ねられ、俺とメイユエは顔を見合わせた。

そっちに関しては身に覚えがありすぎる。

頭上から降ってきた植木鉢、投げつけられる形になった重量のある段ボール。

それに俺たちが冥婚を結ぶ切っ掛け、もっと言えば一度死ぬ切っ掛けとなった交通事故もまた、身に降りかかった不幸と言えるだろう。

俺たちが言葉を失っていると飯観寺先輩はほうじ茶をズズと啜《すす》った。

「このまま放っておくのも危ないと思いましたので、我が寺から湧き出る霊泉の水を掛けたのです。それでこの悪縁を絶ちきろうとしたのですが、なんと美月くんの魂までもが飛び出てしまったではないですか。アレには我が輩のほうが驚きましたですぞ。あなた方は一体全体何者なのですかな？」

そう尋ね返されて、俺たちはこれまでのことを話した。

冥婚や幽体離脱の話も、この人ならば信じてもらえるだろう。

話を聞き終えた飯観寺先輩は呆気《あつけ》にとられたような顔をしていた。

「臨死体験、冥婚、幽体離脱、その上に獄卒鬼《ごくそつき》にまで会っているのですか。……お二人のほうがよほど眉唾《まゆつば》な体験をしておりませんか？　お二人から変な人みたいに見られるのは納得いきませんぞ」

「ああ。言われてみればそうかも」

この中では常識人枠の愛菜が納得したように頷《うなず》いていた。

気持ちはわかるけど、飯観寺先輩に言われるのはなぁ……。

パンダにお前の方が珍獣だろと言われたオカピの気分だ。

「あの、そのメイユエの悪縁とやらはお祓いできるんですか？　水を掛けるだけじゃなくて、先輩の実家でガッツリお祓いしてもらうとかすれば」

「無理でしょうな」

飯観寺先輩は腕組みをしながらあっさりと言い切った。

「この呪い……今なお悪《あ》しき流れを供給し続けています」

「誰かがメイユエを呪い続けているってことですか？」

「心当たりはありませんかな？」

飯観寺先輩に尋ねられ、メイユエは唸《うな》った。

「それは……ない、とも言えないな。私も国に帰ればそれなりに立場のある者だし、汗《ハン》である父や、異邦人である母を疎んでいる氏族もいるだろう。その二人の子供である私に悪意が向けられているとしても、なんらおかしくはない」

メイユエは凜《りん》として答えたが、表情は曇っていた。

不安であっても表には出さない。

ここらへんはさすが、小国とはいえ一国のお姫様だと思えた。

飯観寺先輩は話を続けた。

「この呪いの強力さもさることながら、美月くん自身の宗教観の複雑怪奇さもあって、縁がこんがらがっているのです」

「宗教観？」

「仏教もインドと日本とチベットでは細部が異なりますし、冥婚の価値観は儒教です。遊牧民族の文化に、中国文化圏風の名前、インド由来の信仰を持っている上に、多神教の日本人である志田《しだ》くんと冥婚している美月くんは存在自体が複雑怪奇なのです」

「仕方なかろう。カレムスタンはシルクロード（付近）の国なのだからな」

メイユエが少し憤慨したように言った。付近、ってボソッと言ったな。

「漢民族や遊牧民族だけでなく、天竺《てんじく》（インド）や回教《フイ》（イスラム教）の民などとも繋がりがあるのだ。宗教も思想も一概にこうと括《くく》れるものではなかろう」

「そうですな。そんなわけでして、仏教側だけのアプローチでは美月くんの呪いを解くのは難しいでしょう。もっと根本的に、例えば呪った相手を突きとめるなどしなければ、問題の解決にはなり得ないでしょうな」

それって……どうしようもないってことか？

「メイユエはこれからも命の危険に晒《さら》され続けると」

「残念ながら。……ですが若干の希望もあるですぞ」

そう言うと飯観寺先輩は身を乗り出し、俺の肩にポンと手を置いた。

「志田くんと冥婚したことで、美月くんは我が輩の手に負えないほど複雑な存在になっております。これは呪いにとっても、簡単には呪い殺せない存在になったということです。危険なことには変わりませんが、気を付けていればなんとかできるレベルに収まっているということですぞ」

つまり、不幸は続くけど二人でなんとかしろってこと？

根本的な解決からはほど遠いなぁ。

「でも、もし美月さんが死んじゃうようなことがあれば、魂が繋がっている亨《とおる》くんも死んじゃうんだよね？　じゃあもう気を付けるしかないよ」

愛菜《まな》に言われて、俺は頷くしかなかった。

いまの俺たちは一蓮托生《いちれんたくしょう》、死なば諸共《もろとも》状態だからな。

「………」

メイユエがなんだか気まずそうな、申し訳なさそうな顔でこっちを見ていた。

巻き込んでしまったことを気に病んでいる様子だった。

……あまりそういう顔はしてほしくないので、努めて明るい調子で言った。

「まあ、ちょっとの不幸ならしばらくは大丈夫だろう。その間に飛文に頑張ってもらって、呪いの元凶を調査してもらえばいいさ。あるいはもう動いているかも」

「……そうだな」

メイユエは肩の力を抜きながら言った。

すると飯観寺《いいかんじ》先輩は鞄《かばん》から六百ミリペットボトルを取りだし、テーブルの上に置いた。

「寺まで取りに帰った霊泉の水ですぞ。呪いを解くことはできませんが、これを差し上げます。いまのお二人の体質は不便も多そうなので、上手《うま》く使ってほしいですぞ」

「えっ、いいんですか？」

百メートル離れることなく幽体離脱状態になれる水か。

携帯しておけるなら便利だろう。

「ただし頻繁に魂を抜き出すことで、身体《からだ》にどのような悪影響が出るともかぎりませんからな。あまり多用はしないことをオススメしますぞ」

飯観寺先輩に釘《くぎ》を刺された。

たしかに、いつか自分の身体に戻れなくなるとしたら怖い。

「そうですね。気を付けます」

「まあなにかありましたら相談して欲しいですぞ。この部室も利用してもらって構いませんし、なにか力になれそうなことがあったら言ってくだされ」

飯観寺先輩……言動の怪しさに目をつぶれば、本当にできた人格者だった。

こうして俺たちは愛菜以外にも学校内に協力者を得られたのだった。

それから数分後。

「このクマさんはなに？」

「夜中に髪が伸びるというテディベア」

「……テディベアの髪ってどこ？」

「頭頂部だけ毛が伸びてくる」

「モヒカンベア!?」

愛菜は南雲さんに秘蔵の曰く付きアイテムを見せてもらっていた。

そんな二人の姿を横目に見ながら、俺とメイユエと飯観寺先輩はお茶を飲んでいた。

「そういえば……開運部って他に部員はいるんですか？」

「？　いいえ。南雲《なぐも》くんと二人だけですぞ？」

「部活になるには五人以上必要って、入学後の説明会で聞いたような」

たしか五名集まらない場合は同好会扱いとなり、部費や部室の割り当てなどで、部ほどの優遇は受けられなかったはず。

するとと飯観寺先輩はニヤリと笑った。

「ここは飯観山高校。飯観寺とは良い感じの関係を築いているのです」

「ダジャレ!?　というかコネですか！」

「まあ、この飯観山にかつて支城と寺が築かれた経緯は、この地が戦国大名の本城から鬼門の方角にあったからなのですな。この高校の建設当時もなかなかな曰《いわ》くがありまして、学校側からしても心霊関係はアンタッチャブルな雰囲気なのですぞ」

サラッと言う飯観寺先輩。学校側からも一目置かれているのか。

「気遣いができて甲斐性《かいしょう》もある。実はなかなかの大人物なのではないか？」

メイユエが感心半分といった様子で言った。

昔どこかで見たコピペじゃないけど、寺生まれはすごいと思った。

7, 河川敷情歌

開運部の面々と会った日の夜。

「なあ飛文」

居間に飛文と二人きりになったタイミングで、私は切り出した。

亨はいま風呂に入っていて、その前に風呂からあがった須玖瑠《すぐるみ》は観たいドラマがあると自室に籠もっている。話すならいまだと思った。

「なんでしょう？　お嬢様」

「実は……」

私は昼間、飯観寺から言われたことを話した。

どうやら私は何者かに呪われているらしいということを……。

話を聞いた飛文は目を丸くはしていたが、思っていたほど驚かなかった。

「お嬢様も、気付かれたのですか？」

「私〝も〟って、飛文は知っていたのか!?」

「……はい。奥様から【呪《まじな》いの洞窟】が使われた形跡があると連絡がありました」

飛文が言いづらそうな顔でそう言った。呪いの洞窟!?

「チョトン・ノヤンがゲセル・ハーンを呪ったというあの洞窟か」

「はい。我が国では禁忌とされている呪術です」

呪いの洞窟は、ゲセルの留守中に妃《きさき》の一人アルルン・ゴアを手に入れようとしたチョトンが、追い返された腹いせとして二人を呪った洞窟だった。

この呪いの洞窟でチョトンが授かった策略によって、アルルンは十二首魔王の下に追放されることになり、それを取り戻そうとするゲセルと十二首魔王との戦いに発展することになるのだ。十二首魔王側からすると結構なとばっちりなのだが……。

「いま、汗様と奥様が事実関係を調査しているところです」

「父上と母上も、すでに動いてくれていたのだな……」

だから母上も顔を出せないで居るのかと納得した。

きっと犯人を捜すと同時に、日本政府にも国家として働きかけているのだろう。

これでも草原ばかりの小国の出とはいえ、姫という立場だ。

日本国内で命の危機に瀕《ひん》したともなれば国際問題にもなりかねない。

そちらは母上たちに任せるしかないだろう。問題は……。

「呪いの洞窟の効果となると、この呪いはしばらくは続くことになるだろう。その間、命が繋《つな》がっている亨のことも巻き込んでしまうのではないか?」

「はい。ですが、お嬢様の先輩殿も言われたとおり、主殿《あるじどの》のおかげで呪いの効果が薄まっているのも確かです。ここは協力をあおぐべきでしょう」

「しかし、こちらの事情に一方的に巻き込むことになる。……心苦しいぞ」

私はいまは入浴中の亨の顔を思い浮かべた。

自分の意思に関係なく冥婚することになったアイツ。

異国人だが、魂的には私の旦那様。

最近だんだんと傍《そば》に居ることにも慣れ始めてきた相手。

「私は……亨に甘えてしまって良いのだろうか？」

「良いと思いますよ」

飛文はしれっとした顔でそう言い切った。

「魂だけとはいえ、お二人はすでに夫婦。妻が夫に甘えるのは自然なことです。それを心苦しく思うなら、妻もまた夫に甘えてもらえば良いのです」

「甘えてもらう？」

「こちらの都合で振り回して悪いと思うなら、こちらも相手の喜ぶことをしてあげる。ギブアンドテイクです。これはすでに、主殿のほうは行っていることです」

亨が？　なにかしてくれたっけ？

首を傾《かし》げていると、飛文が呆《あき》れたように溜息《ためいき》を吐《つ》いた。

「サイクリングに誘ってくださったでしょうに」

「えっ？　あれは亨がしたいから私が付き合ったんじゃ？」

「なにを言っているのです。お嬢様が沈んだ気持ちを馬頭琴《モリンホール》の調べに乗せているのを耳にした主殿が、気晴らしになるようにと企画してくれたものでしょうに」

飛文にそう言われて私は自分の耳を疑った。

それと同時に腑《ふ》に落ちることもある。

あのサイクリングに関しては、亨は随分と積極的に勧めてきたっけ。

あの自転車での疾走感は早駆《はやが》けに似ていた。

目的地の牧場にいた家畜たちの臭いは、私にとって慣れ親しんだものだった。

アレは私のためだったのか。

「お嬢様も楽しかったんでしょう？」

「それはまあ……」

そうか。私はもうすでに、亨に甘えていたのだな。

それなのにいまさら甘えて良いのか悩むとは、なんとも滑稽ではないか。

（ホント、バカだよなぁ……私って）

観念すると同時に肩の力がスッと抜けるのを感じた。

「……すでに甘えてしまっているのなら、甘えてしまって良いのか悩むのは筋違いだな。甘えてしまった分、いかに亨に甘えてもらうか考えるほうが有意義だろう」

私がそう言うと、飛文はクスリと笑った。

「【独り者はまだ人でなく、燃えさしはまだ火ではない】ですよ」

それは叙事詩『ジャンガル』に出てくる言葉だった。

その意味を理解し、私は頷《うなず》いたのだった。

翌日の一、二限目間の休み時間。

「美月《みづき》さん、ポッチー食べる？」

「うむ。ありがとう」（モグモグ）

「美月さんの食べ方って小動物っぽいんだよねぇ」

「わかるー。お菓子あげたくなるよねぇ」

「………」（モグモグ）

次の二、三限目間の休み時間。

「ほら、美月さん。『キノコの裏山』」

「はあ？　美月さんは『タケノコの集落』派だし～」

「なに？　戦争する気？」

「（どっちも美味《うま》いと思うが……）」（モグモグ）

……三、四限目間の休み時間。

「ナッチが二年の羽鳥《はどり》先輩に告ったみたい。まあ断られたらしいんだけど」

「マジで？　あの先輩、大人気じゃん。男子ならぶっちぎりだし」

「女子含めるなら威堂《いどう》先輩も女子からモテてるけどねぇ」

「お姉様って感じだよねぇ」

「……」（モグモグ）

「あれ、美月さん。こういう話に興味ない？」

「というか気になる男子とかいないの？　前にいた学校で彼氏がいたとか」

「ゴクン……いや、彼氏がいたことはないぞ（夫ならいるが）」

「えー、意外～。美月さんモテそうなのに」

「……」


そして迎えた昼休み。

「甘ったるいわ！　会話の内容まで砂糖漬けか！」

亨《とおる》と愛菜《まな》のクラスに逃げてきた私は、二人と一緒にお弁当を食べながら言った。

愛菜は苦笑しながら「まぁまぁ」と宥《なだ》めてきた。

「その手の話はしてて飽きないからね」

「すべての女子が、お菓子と恋愛話に興味があると思われても困るぞ」

私は飛文お手製のアスパラのベーコン巻きを食べながら唸《うな》った。

「あの意味のない会話から連れ出して欲しいと小紅《こべに》に視線を送ったら、思いっきり顔を背けられた。あの薄情者め」

「引っ込み思案の南雲さんにはハードル高いだろ」

亨が肩をすくめながら言った。それはそうだろうが。

「それに、お菓子もらえるならいいんじゃないか？」

「甘い物は嫌いではないが、そればっかりは飽きるぞ。むしろ甘い物ばっかり食べたからこそ、いまはガッツリと肉類が食べたい！　ああ、せめて干し肉があればなぁ」

「教室で干し肉を囓《かじ》ってる女子高生ってどうなの？」

愛菜は呆れたように言ったが、我が国の干し肉は美味いんだぞ。

「肉ねぇ……」

すると亨はスマホをポチポチと弄《いじ》りだした。

「川向こうのショッピングモールにある焼き肉チェーンが、リーズナブルな食べ放題をやってたと思うんだけど……あー、あったあった。ほら、一番安い食べ放題なら百分二千円以下で食べられるぞ。そのぶん肉の種類は少ないけど」

亨はスマホ画面でメニューを見せてきた。どれどれ。

牛《ウフル》はカルビだけ、豚《ガハイ》と鶏《タヒア》はそこそこ、ホルモンは豚のみ……たしかに値段が安い分、種類はあまり多くないが、お腹《なか》いっぱい肉が食べられるのは間違いないだろう。

「良いな！　是非行きたい！」

私が身を乗り出しながら言うと、亨が苦笑しながら言った。

「んー。それじゃあ今度の日曜日にでも行くか？」

「うむ！　楽しみだ」

「えっ？」

元気に答えた私を、愛菜はキョトンとした顔で見ていた。

「？　どうかしたのか？」

「あ、その……男の子と二人で焼き肉って抵抗ないのかなって」

「焼き肉は美味いではないか」

「そうじゃなくて、焼き肉デートって結構ハードル高いと思うんだけど」

愛菜が言うにはやはり匂いとかが気になるし、選んだ店によっても相手が自分をどう見ているか（安い店なら異性として意識していない。高い店なら落とそうと狙っている等）を察してしまうから、男女二人で出掛けるのは躊躇《ためら》うのだそうだ。

だけど、私は声を大にして言いたい。

「私は焼き肉が食べたいだけだ！　しかし焼き肉を食べに行くためには亨と一緒に行くしかないだろう！　離れられないのだからな！」

「えー……」

「メイユエのそういう竹を割ったような性格には好感が持てるな」

亨に苦笑交じりにそう言われて、私はフンと鼻を鳴らした。

「すでにあの世で結婚式まで挙げているのだ。私は夫である亨の厚意に甘えるし、妻である私は厚意を持って亨の甘えを許す。結果的に対等ならば良かろう」

「すごい割り切りだね。亨くんが甘えても良いんだ？」

「うむ。亨もなにか私にしてほしいことがあったら言ってくれ。……エッチなお願いなら断るがな。その……夫婦とはいえ学生だし、節度は守ってほしいというか……」

あれ？　でもこの言い方だと学生じゃなければ良いってことになるか？

あっ、愛菜がすっごいニヤニヤしている。

「……しないってば」

亨の返答にも一瞬間があった気がするし、言い方を間違えたかもしれない。

「でも、メイユエにしてほしいことか」

亨は腕組みをしながら考え込んでいた。

しばらくして、何かを思いついたようにポンと手を叩《たた》いた。

「それじゃあ……」

亨はしてほしいと思っていることを口にした。

「？　そんなことでいいのか？」

「うん。お願いできる？」

「うむ。それくらいお安い御用だ」


そしてやってきた日曜日。

目的地のショッピングモールは家から自転車で行けない距離でもなかったが、私が自転車を持っていないため、二人で電車に乗っていくことになった。

今日の私の格好は民族服ではなく、サイクリングのときに近いカジュアルな格好だったが、かさばる荷物も持っているし、どのみち自転車は無理だろう。

「もし、どちらかが乗り損ねると怖いな」

ホームの黄色い線の内側で電車を待っているとき、亨がそんなことを言った。

たしかに想像すると恐ろしい。

「ホームに残った側の魂が抜かれるからな。大騒ぎだろう」

「う～ん……電車移動はやめたほうが良かったかな？」

「そんなことを言っていたら、介添えでもなければどこにも行けなくなるぞ。慣れていくしかあるまい」

私たちは電車が来るまでの間、片方が乗り遅れたときのことを話し合った。

そもそもラッシュの時間帯は避けた方がいいとか、電車に乗った側がすぐに飛文に連絡をするとか、取り残されたほうは転倒しても良いようにその場にしゃがみ込む等々……こんなことを真面目《まじめ》に話し合っているのは、世界広しといえど私たちだけだろう。

「そういえば、アレはちゃんと持って来た？」

「これのことだろう？」

私はポケットから香水用のスプレー瓶を取り出した。

ただし中に入っているのは香水ではなく、飯観寺《いいかんじ》がくれた霊水だった。

ペットボトルのままではかさばるし不便だろうと言うことで、飛文が香水の空き瓶に入れてくれて、私と亨に一つずつ持たせたのだ。

私はノズル部分を亨の方に向けた。

「【龍神娘《アジュ・メルゲン》】モードが必要なときは、これを亨にぶっかければ良いのだな」

「言い方……そういう事態にならないに越したことはないだろ」

亨がやれやれと肩をすくめたので、私は笑ってしまった。

ただ語らうだけのこの時間も案外楽しいものだ。

あっ、電車にはなにも問題なく乗れたぞ。


無事、焼き肉食べ放題の店が入っているショッピングモールに辿《たど》り着いた。

まずは同じくこのモールの中にある映画館へと向かうことにした。

休日に電車まで乗って、ただ焼き肉を食べて帰るというのも味気ないので、なにか一本でも映画を観《み》ていこうということになったのだ。

上映中の映画が羅列されているモニターを二人で見上げる。

「メイユエはなにか観たい映画ある？」

「アクションものが好きだぞ。亨は？」

「眠くなったり鬱になったりしなそうならなんでも」

話し合いの結果、無難にハリウッドのアクション映画を観ることにした。

二人分のチケットを買うときに『夫婦割り』という割引サービスが目に入った。

「これ……私たちも使えるだろうか？」

「日本の法律上で婚姻関係にないとダメだろ。それに学割と大して変わらないぞ」

「ふむ。たしかに」

大人しく二人分のチケットを並びで買う。

「飲み物やポップコーンは買う？」

「ん？　映像を観ながら飲み食いしたいとは思わんが？」

「ああ、俺もそうだな」

上映開始時間まで間がなかったので、すぐにシアターに入って席に着く。

「そう言えば随分慣れてるけど、カレムスタンに映画館ってあったの？」

「さすがにないが、母上が衛星放送環境を整備して、テレビや映画を観られるようにしてくれてからは、プロジェクターで天幕に映してみんなで観るとかしていたな」

「へー。それはそれで楽しそうだな」

「うむ。ただ映画館の大スクリーンは日本に来ないと観られないからな。飛文をまいてこっそり観に行ったこともあるぞ」

「お転婆なお姫様だな。飛文も大変だ」

亨が呆《あき》れたような目で見ていた。い、いまは少し反省もしているぞ。

「って、あれ？　メイユエって日本に来たことなかったんじゃ？」

「ん。そうだな。亨と冥婚する少し前に初めて来たぞ」

「じゃあ映画館に行ったたっていうのはいつの話なんだ？」

「それは……あれ？」

言われてみれば確かにおかしい。

映画館で映画を観た記憶はある。だけど映画館に行った記憶がない。

なんだか記憶のその部分だけもやが掛かっているみたいだ。

冥婚の直前の記憶もいまだに戻ってはいないし、なにか関係しているのだろうか？

そんなことを考えているうちに映画が始まった。

ハリウッドらしいド派手なアクションと映像美。

中だるみとは無縁の息つく暇も無い展開が目白押しだった。だけど……。

（……あれ？）

なにかおかしい。

初見のはずの映画なのに、どこか既視感があるのだ。

次に来る展開がわかってしまうというか、次にこの登場人物はこんな台詞《せりふ》を言うだろうと思った台詞を、実際にその登場人物が喋《しゃべ》ったりする。

劇場上映中の映画なのだから配信で観たとかそういうこともないはずなのに。

不思議に思いながら隣の亨を見ると……。

（えっ？）

亨《とおる》もまたなにやら複雑そうな表情をしていた。

食い入るように映画を観ているのだが、どこか腑《ふ》に落ちない様子だった。

（もしかして亨も同じことを思っているのかな？）

そう思ったけど上映中に尋ねるわけにもいかない。

まあ既視感はあっても面白い映画ではあったので、最後まで楽しんで観られた。

そして映画本編が終わり、スタッフロールが流れ出したところで、隣の亨が私の手の甲を指でトントンと叩いた。出ようってことらしい。

私は頷《うなず》いた。この映画にはスタッフロール後のオマケ映像のようなものはない。

なぜかは知らないがそんな確信が持てたからだ。

劇場を出てすぐ、亨はスマホでなにやら調べだした。

「……う～ん、やっぱりいま上映中の映画だよなぁ」

「っ!?　やはり亨も既視感があったのか!?」

「ってことはメイユエも？」

「うむ。一度観た映画のような気がしていた」

揃《そろ》って首を傾《かし》げる私たち。どういうことなのだろう。

一人だけなら偶然だろうが、二人揃ってとなるとそうとも言い切れない。

ちょっとモヤモヤするが……この感じを引き摺《ず》りたくなかった。

折角の日曜日。折角のお出かけ。

モヤモヤ気分のままでは楽しめないだろう。

「まあ、映画自体はおもしろかったし良いのではないか？　つまらない映画を二度見たというわけでもないし」

気分を変えるように言うと、亨も頷いた。

「……そうだな。やっぱアクション映画は格好良いよな」

そう言うと亨は映画で主人公が敵に囲まれたときにした構えを再現して見せた。

左拳は握りしめ、右手は敵を牽制《けんせい》するように半円を描く。

ゆったりと動きながらも腕の筋肉に力をためているのがわかる。

その動きの再現度が妙に高くて思わず魅入ってしまった。

「上手《うま》いな!?　映画とそっくりだ」

「こういう動きをトレースしようって部活だったんだよ。中学のときの部活は」

「ヒーローショーのバイトとか向いてるんじゃないか？」

「あー、やってみたいかもな。……さてと」

亨はスマホでいまの時刻（凡《およ》そ十一時四十分）を見せてきた。

「ちょっと早めだけどメインイベントに行こうか」

「うむ！　楽しみだ！」

お待ちかねの焼き肉食べ放題だ！

「本当に一番安いので良かったのか？　飛文から軍資金はもらってるんだろ？」

タッチパネルでメニューを注文した亨がそう訊《き》いてきた。

ここが食べ放題のある焼き肉屋で、私たちの前には七輪が置かれている。

「亨が自分の分は自分で払うって言ったんだろうが」

私たちは予定どおり一番安い食べ放題を注文した。

休日に私を案内してくれるのだからと、飛文は当然亨の分もお昼代を出そうとしていたのだけど、それを亨は丁重に断ったのだ。

「だって生活費も多めに入れてもらっているのに、この上、出掛けた際の食事代まで出してもらうのってなんか情けないだろ。厚意に甘えすぎっていうか」

「裕福な嫁の実家の支援を受けたくない夫のプライドって感じだな」

「やめろ。大体あってるから胸が痛い」

「やれやれだな」

私はメニューで口元を隠しながらクスリと笑った。

「まあ無神経よりは好感が持てる。それに気心の知れた相手との食事なら、これくらい気安いほうが私は好きだ」

「……そっか。じゃあなに頼む？」

「まずはカルビ！　豚バラと鶏肉《とりにく》も！　たまに豚ホルモン！　豚《ガハイ》や鶏《タヒア》はだだっ広い草原での放牧に向かないから、食べる機会がないからな！」

「……せっかくだし野菜も食べなよ。塩キャベツとモヤシナムルも頼んでおくぞ」

亨がタッチパネルで注文すると、しばらくして肉が運ばれてきた。

肉の赤を見れば遊牧民族としてテンションが上がる。

とにかく片っ端から七輪の上に載せて焼こうとすると……。

「あ、生肉を箸で摑《つか》むな。トングを使え」

亨にそう注意された。私は肉に伸ばした箸を引っ込める。

「むう。ちょっと神経質すぎるのではないか？」

「呪いで不幸体質になってるんだろ？　アタリやすいんじゃないか？」

ああ、私のことを心配してくれたのか。

「病原菌や寄生虫にも呪いの効果ってあるのだろうか？」

「わからないけど。気を付けたほうがいいだろ？」

「ふむ。そうだな、気を付けよう」

その後、私たちは肉を腹一杯食べて満足した。

私の国だと、肉を紙みたいな薄い切り方をされるより、塊で出されるほうが好まれるが
……それでも、やはり美味《うま》い。血肉になるのを五臓六腑《ごぞうろっぷ》で感じられる。

そして美味《おい》しいのは、一緒に食べる相手がいるからだろう。

「【一人で食べる豚は太らず、大勢で食べた野ネズミは痩せない】」

「……カレムスタンでは野ねずみも食べるのか?」

「なにをバカなことを言っているのだ」

亨がアホな勘違いをしているので、私は苦笑してしまった。

「齧歯《げっし》類《るい》だとタルバガン(シベリアマーモット)なら食べてた時代もあるが……そうじゃない。ご飯は誰かと食べたほうが美味しいという意味だ」

「ああ。それならわかるかも」

お菓子に飽きて生まれた、肉を食べたいという欲求は満たされた。

付き合ってくれた亨には礼をせねばなるまい。

ショッピングモールを出た後で、私は亨に言った。

「さて、次は亨の願いを叶《かな》える番だ。どこかちょうど良い場所はあるか?」

「んー。じゃあ近くの土手にでも行ってみるか」

亨にそう言われ、私たちは連れだって歩き出した。


しばらく歩いて辿《たど》り着いたのは荒川の土手だった。

対岸にはこの前、牧場に行くときに走ったサイクリングロードが見える。

その大きな川にかかる大きな橋の横のコンクリートが敷かれている部分。

その場所に二人並んで腰を下ろすと、私は背負ってきたケースを開いた。

「本当にこんなことで良いのか？」

そう尋ねると亨は「もちろん」と頷いた。

「それを弾いてるメイユエに……なんというか、目を奪われたというか……奏でているメロディーをもっと聴いていたいと思ったんだ」

「そ、そうか」

手放しで誉《ほ》められ、少々照れくさかった。

私が取り出したのは馬頭琴《モリンホール》。例のかさばる荷物というのがコレだ。

弦楽器の先っぽ『糸巻き』がある部分に、馬の頭の形の彫刻がされているこの馬頭琴は、我が国では伝統的な楽器だった。中国の二胡《にこ》のような嫋《たお》やかな調べも出せるが、一方で、武骨な力強い音を出すこともできる。

亨のお願いとはこの馬頭琴を弾いて聞かせてほしいというものだった。

「リクエストはあるか？」

「なにか昼寝に良さそうな音楽を」

「わかった。それじゃあ定番どころから」

私はあぐらを掻《か》いた足の上に馬頭琴を置いて抱え込むと、トン、トン、トン、トン、トン……とゆっくりとしたリズムを刻み、馬の毛で作られた弓で音を奏でだした。

生み出されるゆったりとしたメロディー。

だだっ広い草原に一人立ち尽くしているような。

馬の背に揺られながらパカポコ進むような。そんなイメージが浮かぶ。

「……なんて曲？」

するとゴロンと横になった亭が聞いてきた。

「漢土の民謡『草原情歌』だ。もとはカザフの民謡らしいが」

たしか遥《はる》か遠いところにカワイイ女の子がいるらしいという内容だったと思う。

だだっ広い草原に一人立ち、その子はどんな娘なんだろうと想像するような、そんな雄大な風景を幻視できる曲だ。私もこの曲は大好きだった。

目を閉じて聴き入っていた亭も口元を緩めた。

「……いい曲だな」

「だろう？」

そのまましばらく私は『草原情歌』を奏で続けた。

やがて一曲を弾き終えたとき、私はあることを思いついた。

（この場所なら、次はこれだろう……）

私が次の曲を弾き始めると、それを聴いた亭はフッと笑った。

「なるほど。ここで聞くのに打って付けの曲だわ」

「ふふっ、特別サービスだ」

私が弾いたのは、日本のみならず世界でも人気を博している名曲。

美空ひばり殿の『川の流れのように』。

河川敷でのんびり聞くのに、これほどぴったりの曲もないだろう。

亨《とおる》は目を閉じ、起きているのか寝てしまったのかわからないような顔で、私の奏でる調べに聞き入っていた。ついでに風でも送ってやるか。

大気の流れを操って亨の額にそよ風を届ける。

その満足そうな顔を見て、私は胸にほっこりとしたものを感じていた。

ちゃんと甘えてもらっている。

ちゃんと私はもらった優しさを返せている。

そう実感できたからだ。

(こういう夫婦生活なら……悪くないな)

目を伏せた亨の顔を横目で見ながら、私はそんなことを思ってしまった。

『【独り者はまだ人でなく、燃えさしはまだ火ではない】ですよ』

飛文の言葉が脳裏に蘇《よみがえ》った。

燃えさしとは、燃えかけ、あるいは燃え残りのことだ。

いまは半端な私たちだけど、燃え尽きるほど身を焦がす日は来るのだろうか？

「Ｚｚｚ……Ｚｚｚ……」

暢気《のんき》に寝息を立て始めてる亨を見て、そんなことを思った。

【なぜなに？ カレムスタン6】

メイユエが弾ける曲

亨「メイユエがよく弾いている楽器だけど」

美月「馬頭琴《モリンホール》のことか？ 草原に伝わる伝統的な楽器だ」

亨「それそれ。器用にいろんな曲を弾きこなしているよなぁって。カレムスタンの曲だけじゃなくて、日本の曲なんかも弾けるみたいだし」

美月「うむ。弾くのが楽しくていろんな曲を学んだぞ。漢土やロシアの曲や、母上や衛星放送経由で日本の曲なんかも弾けるぞ」

亨「それじゃあ『川の流れのように』以外も弾けるの？」

美月「そうだな。有名なところだと、谷村新司殿の『昴』とか弾けるぞ」

亨「渋い選曲だな。どうしてまたそれを？」

美月「『すばる』（おうし座のプレアデス星団）という星は、草原の民にとって馴染み深いのだ。天に昇ってすばる《ミチドウ》となった六人の兄弟が、年に一度だけ金星《ツオルモン》になった姫君に会うという神話が残っているくらいだし」

亨「へえ。七夕の織り姫と彦星みたいだな」

美月「起源は同じなのかもしれんな。ただ草原の神話は星にまつわるものが多い。目印も無いだだっ広い草原では、道標として頼れるのは天の星くらいだからな」

亨　「なるほど」

美月「あと弾ける日本の曲というと……『光と風の四季』くらいか？」

亨　「ん？　その曲名は知らないな。日本の曲なのか？」

美月「なにかの番組のテーマソングだったと思うが、流麗で良い曲だったから耳で聞いて憶えたのだ。こういう曲なのだが……」

（メイユエ、演奏中）

亨　「あっ、聞いたことある」（たしかＮＨＫの番組だよな。番組タイトルに『旅』ってついてる割りには、田舎の風景とかばかり映ってるなぁって思ったっけ）

（メイユエ、演奏完了）

亨　「あれって『光と風の四季』って名前だったのか」

美月「まあ有名な曲でも、名前までは知らないことも多いからな」

亨　「ああ、たしかに。手品のときに流れる曲は『オリーブの首飾り』って名前だって、だいぶ後で知ったっけ」

美月「ふむ。今度弾き方を憶えてみようか？」

亨　「馬頭琴でも手品のイメージは消せないだろうなぁ」

8, アレが怖いのはオバケだけじゃない

ある日の朝。メイユエとの登校中。

俺たちの遥か前方で、飼い犬の散歩中だと思われるランニングシャツにサンバイザーの女性が段差につまずくのが見えた。

「きゃっ」

その瞬間、女性は手にしていたリードを離してしまい、さらに地面に手を突くときに大型犬（あのモフモフ具合は多分コリー犬）のお尻を押してしまったようだ。

それにビックリしたのか大型犬は弾《はじ》かれたように走り出してしまった。

「あっ、ダメ！　モコちゃん！」

女性の制止もむなしく、モコちゃんは真《ま》っ直《す》ぐこっちに突っ込んでくる。

（まさか、これもメイユエの呪いの影響か？）

あの女性がつまずいたのもうっかりではなく、呪いの影響なのだろうか？　だとするとメイユエの呪いに巻き込まれる形で飼い犬を逃がされるのは気の毒かも。

「だ、誰か！　その子を捕まえて！」

地面に手を突きながらそう叫ぶ女性。

……やるっきゃないか。

俺は地面に両膝を突くと、両手を広げてモコちゃんの前に立ち塞がる。

「ワンッ！」（ドゴッ）

「ぐはっ」

モコちゃんは勢いよく俺のみぞおちに突っ込んできた。

咳《せ》き込みそうになりながらも、なんとかその体を抱え込む。

どうやらモコちゃんは逃げたのではなく飼い主に「走れ」と命じられたと思っただけのようで、両手を広げた俺を遊び相手だと思ったようだ。人懐っこい性格のようで、みぞおちに突っ込んだあとはクンクンと鼻を鳴らし、尻尾を振っている。

（ふう……なんとかなった……って、あれ？）

不意に後ろに引っ張られる感じがして、気が付けば身体《からだ》から魂が抜け出した。

モコちゃんを抱えたまま後ろ向きに倒れる自分の身体が見える。

振り返ると、遥か遠くに全力疾走しているメイユエの姿があった。

（えっ？　もう百メートル以上走ったの？）

するとメイユエは電信柱の陰にサッと身を隠した。

幽体状態の俺が首の鎖を辿るように近づいていくと、電信柱の陰にあった赤い郵便ポストの上に乗っかって、ガタガタと身体を震わせているメイユエがいた。

『……いやまあ、その姿《ノホエ》で察するけど。もしかしてメイユエって』

「皆まで言うな！　犬が苦手でなにが悪い！」

なら百メートル走
なら百メートル走

『やっぱり』

だからあんな全力疾走で逃げたのか。火事場の馬鹿力が出ていたらしく、百メートル走ならレコードタイム出てるんじゃないかって走りっぷりだったし。

いや……ホント……あの逃げっぷりを思い出すと……ククク。

「な、なにを笑っているのだ！」

『だって、三本毛のオバケみたいな逃げっぷりだったし』

「オバケ？　いまは亨のほうがオバケ状態だろうが」

『アハハ、それもそうだな』

そんなことを話していると……。

「キャーッ!!」

さっきまで俺たちが居たあたりから甲高い悲鳴が聞こえてきた。

見るとモコちゃんに押し倒された俺の身体の前で、女性が酷《ひど》く狼狽《ろうばい》していた。

「そ、そんな……死んでる……」

自身の口元を両手で押さえながら、女性は膝から崩れ落ちた。

……ヤバい。身体を置きっぱにしたままだった。

このままだと救急車をすっ飛ばして警察を呼ばれてしまう。

『と、とりあえず戻ってくれ。犬からは離れてて良いから』

「う、うむ。わかった」

　メイユエに逃げてきた道を戻ってもらって俺は自分の身体の中に入ると、泣きそうな顔で救急車や警察を呼ぼうとした女性をなんとか押しとどめた。そのあとメチャクチャ謝られたけど、こっちのほうが申し訳なくなってくる。

　その間、メイユエは少し離れた電信柱の陰から見ているだけだった。

　なんだか学校に着く前からドッと疲れてしまった。


「……と、まあそんなことがあったんだよ」

「毎回いろんなことに巻き込まれてるね。聞いてて退屈しないよ」

　昼休み。うちのクラスにやってきたメイユエと、俺と愛菜《まな》の三人でお弁当を食べていたとき、俺は今朝の出来事を愛菜に話して聴かせた。

　説明中、メイユエは不機嫌そうに口を尖《とが》らせていた。

「むう。誰にだって苦手な動物の一匹二匹はあろう」

「……まあ、俺も両生類や爬虫《はちゆうるい》類は苦手だけど」

　ヘビとかトカゲとかが急に出てきたらと思うとゾッとする。

　するとメイユエは「ほら見ろ」と指差してきた。

「私の場合もそれと一緒だ」

「そうかなぁ？　モコちゃんは愛嬌《あいきよう》があったと思うけど？」

「そもそも、なんでそんなに犬が怖いの？」

愛菜に尋ねられてメイユエはうぐっと口ごもった。

「その……昔、追いかけ回されたことがあってだな……」

「またベタな理由だな」

「ベタとか言うな！　殺されるかと思ったんだぞ！」

「殺されるって……さすがに大袈裟《おおげさ》すぎなんじゃ？」

「……………」

愛菜の言葉に、メイユエはスマホを取り出して弄《いじ》りだした。そして……。

「これを見ても、大袈裟と言えるか？」

そう言ってスマホの画面を愛菜のほうへと向けた。

その画面をどれどれと覗《のぞ》き込んだ愛菜は……。

「うわっ!!」（ガタッ）

声を上げて、椅子が鳴るほど大きく仰《の》け反《ぞ》ることになった。

どうしたんだろうと思って俺も画面を観《み》ると、そこには犬歯をむき出しにして、モサモサの毛を逆立てながら、いまにも襲いかからんとする獣の姿があった。

「怖っ。なにこいつ」

俺も思わずそう呟《つぶや》いた。ライオンを思わせるタテガミを持っていながら、顔は地獄の番犬を思わせるイヌ科の特徴を持っている。

なんだこの生物。本当に実在する生き物なのか？

「チベタン・マスティフ。カレムスタンで飼われている犬だ」

メイユエが少し青ざめた顔で言った。

どうやら画像検索するだけでも怖かったようだ。

「かのチンギス・ハンは三万匹のチベタン・マスティフ軍団を組織して西征に連れて行ったという。それほどまでに強靱《きょうじん》で獰猛《どうもう》な犬種なのだ」

「ああ……これに比べれば土佐犬が可愛《かわい》く見えるな」

「某国の動物園ではライオンと偽って展示されたこともあるそうな」

「まあライオン並に怖い顔はしているな」

「これに追いかけられたら、そりゃあトラウマにもなるよ」

俺も愛菜もすっかりメイユエに同情してしまった。

茶化すようなことを言って悪かったな。おかずの卵焼きを一個献上しよう。

受け取った卵焼きを嚙《か》み締めながら、メイユエは「はあ～」と溜息《ためいき》を吐《つ》いた。

「まあ……いずれは犬も克服せねばと思っているのだがな」

「そうなのか？」

「汗《ハン》の娘が犬嫌いでは沽券《こけん》に関わるだろう」

「お姫様も大変なんだね。……あっ、そうだ」

愛菜がポンと手を叩《たた》いた。

「もう少しカワイイ犬で慣らしていくのはどうかな？」

そう言うと今度は愛菜がスマホを弄り、画面を俺たちに見せてきた。

そこに映っていたのは……毛玉？

「うちで飼ってる『ポメ丸』。まん丸モコモコでカワイイよ？」

ああ、ポメラニアンか。まん丸すぎる。

これならメイユエも大丈夫だろうと思ってみると、メイユエは画面から顔を離して目を細めながら見ていた。まるで怖い動画でも観てるかのようだ。

「た、たしかにカワイイな」

「言葉と行動が一致してないぞ」

「実物はもっとモコモコでカワイイよ？　見に来る？」

「うっ……それは……えっと…………」

愛菜に尋ねられたメイユエはたっぷり三十秒くらい迷う様子を見せたあとで、ようやっとコクリと頷《うなず》いたのだった。仮にポメラニアンを克服できたとしても、チベタン・マスティフを怖がらなくなるかは別問題だと思うんだけどなぁ。すると……。

「もちろん亨《とおる》も来るよな！　離れられないからな！」

メイユエに念押しされるように言われた。

もちろん最初から付き合うつもりだったけど……本当に大丈夫か？

そして放課後になり、俺たちは愛菜の家にお邪魔した。

愛菜はマンション住まいで両親は夕方以降にならないと帰ってこないとのこと。

「さあ、どうぞ」

愛菜に招かれて、俺とメイユエと南雲《なぐも》さんは廊下に足を踏み入れた。

「ところで気になってたんだけど、なんで南雲さんが？」

「美月《みづき》さんに拉○られてきました」

「○致って……ま、まあ友達をちょっと強引に誘っただけじゃない？」

「友達……ですか」

俺がそうフォローすると、南雲さんは少しだけ満更でもなさそうな顔をした。

するとメイユエはこっちを振り返って胸を張った。

「人間の盾は多い方が良かろう。だから小紅《こべに》を連れてきたのだ」

「……人間の盾は友達に入るのでしょうか？」

死んだ魚のような目で見られた。返答に困るなぁ。

そんなことを話しているうちに愛菜が居間への扉を開いた。

「ここだよ。おいで～、ポメ丸」

「アンッ！」（ハスハスッ）

屈《かが》んだ愛菜の腕の中に、丸い毛玉が跳び込んできた。

ご主人大好きと全身で表現するかのように、息せき切って駆けてきて尻尾をブンブンと振っている。

おお、この子がポメ丸か。写真で見るよりもまん丸モコモコだ。

「……カワイイ」

不満げだった南雲さんも見とれているようだ。

一方、メイユエはと言うと……。

「………」

両手で両目を塞いでいた。

「いや、そこまで怖いなら無理することもないんじゃ？」

「なにを言う。汗《ハン》の娘たる者、敵に背は見せてはならんのだ！」

「直径三十センチくらいの毛玉を敵と呼んでる時点でなぁ……」

すると変な格好で立ち尽くしているメイユエに興味を持ったのか、愛菜から放れたポメ丸がポテポテとメイユエの足もとへすり寄ってきた。

「アン、アンッ！」（スリスリ）

まるで「かまってかまって」と言うように、メイユエの足の間を8の字に行ったり来たりして身体を擦りつけている。この子、天性の甘え上手だ。

「「カワイイ～♪」」

その仕草に愛菜も南雲さんもメロメロだ。

（あざとカワイイ……これならメイユエも大丈夫なんじゃ？）

そう思ってメイユエの方を見ると……。

「――――っ」

あっ、ダメだ。口の中に梅干しを放りこまれたような顔をしてる。

どうやらメイユエの犬嫌いは筋金入りのようだった。

これ以上追い詰めると、メイユエが暴走してポメ丸に危害を加えないともかぎらないので、ポメ丸は南雲さんが抱きかかえて引き剝がすことになった。背が小さめの南雲さんとモコモコロコロなポメ丸という組み合わせは、日常アニメ感があるな。

とりあえずメイユエを落ち着かせるために、みんなで居間のソファーに座って、愛菜が出してくれた飲み物とお菓子を摘《つ》まみながらのんびりすることにした。

メイユエも冷たいミルクティーを飲み干すころには落ち着いたようだ。

「ふう……手強《てごわ》い相手だった」

「いや、なにもしてないだろ。ポメ丸にまとわりつかれてただけじゃん」

そうツッコむとメイユエはプイッとそっぽを向いた。

「我慢したではないか。殺《や》られる前に殺らねばという思考に陥りそうになるのを、グッと堪《こら》えたのだぞ」

「ダメ」

南雲さんがポメ丸を庇《かば》うようにギュッと抱いた。相当気に入った様子。

愛菜もポッチーを摘まみながら「いじめちゃ嫌だよ」と苦笑していた。

「でも、亨くんと美月さんって夫婦なんだよね？」

「「魂だけの関係だけどな」」

思わず声を揃《そろ》えて答えてしまった。ちょっと恥ずかしい。

「フフ、やっぱり息ぴったりだし」

「そ、それより、夫婦だからなんだと言うのだ？」

メイユエが尋ねると、愛菜はポッチーの先をメイユエに向けた。

「ほら、結婚後の憧れの家庭みたいなのにあるじゃない。結婚したらブランコのある庭付きの一軒家に住んで、大きな犬を飼いたい……みたいなの」

「だいぶ古いのではないか？　昭和の価値観だろう」

まあいまの日本の住宅環境だとなかなか大型犬は飼えないだろう。だからこそポメラニアンみたいな室内飼いができる小型犬がトレンドになってるわけだし。

「そもそも大型犬にトラウマがあるのに大型犬を飼おうとは思わんぞ」

「でも、ペットが居る家庭って円満なイメージない？」

ああ、それはちょっとわかるかも。

「メイユエ的には猫とかのほうがいい？」

「猫《モール》か……犬よりはマシだし、ネズミ《ホルガン》を捕ってくれるのはありがたいが、移動式テント生活で飼うのは怖いな。我が国は周囲は草原しかないし、フラフラ出掛けられたら戻ってこないんじゃないかと心配になる」

「遊牧民族ならではの悩みだな。じゃあ金魚とかは？」

「水槽は放牧地を移動するときに持ち運びが大変だからなぁ。というか、馬《アドー》も羊《ホニ》もヤク《サルラグ》も飼育しているんだから、わざわざペットを増やす意味もないだろう」

「あ、それもそうか」

「うむ。ペットを飼うとしたら日本で暮らす場合だな。亨の家ならば猫でも金魚でもエリマキトカゲでも飼えそうだが」

「いや、両生類や爬虫類《はちゅうるい》と暮らすのは俺が嫌だわ」

心底嫌そうな顔をすると、メイユエは愉快そうに笑った。

「フフ。亨も苦手なものを克服すべきではないか？」

「勘弁してくれ……」

そんなやりとりをしていると……。

「っていうか、二人にとっては将来一緒に暮らしてるのが前提なんだね」

「さすが夫婦」「アンッ！」

愛菜《まな》と南雲さん（とついでにポメ丸）にそう指摘されて、俺とメイユエはなんだか恥ずかしい気分になって、お互いに顔を背けたのだった。

【なぜなに？ カレムスタン7】

乳茶《スーテーツァイ》

亨「？　なに飲んでるんだ、メイユエ」

美月「ズズズ……ん？　スーテーツァイ（乳茶）だが？」

亨「あ、その単語は前に聞いたな。ミルクティーだっけ？」

美月「うむ。磚茶《たんちゃ》というレンガ状の茶葉を削ってお湯で煮出し、ミルクを入れて飲む」

亨「ああ。って、お茶碗で飲んでるのか？」

美月「お茶をお茶碗で飲むのは普通だろう」

亨「どこの文化だよ、ってカレムスタンだとそうなのか」

美月「いやいや〝茶〟の〝碗〟なのだろう？　お茶を入れるのが普通だ」

亨「いや、普通はごはんをよそうためのものじゃ……あれ、でもたしかに茶の碗って書くよな。もしかして元は茶道具？　だとしたら異色なのは日本人のほうなのか？」

美月「なにを自問自答しているんだか」

亨「ん～……まあいいか。で、メイユエはティータイム？」

美月「そんな優雅なものではない。小腹が空いたから飲んでるだけだ」

亨「えっ、喉が渇いたからとかじゃなくて？」

美月「説明するのも面倒だな。まあお前も飲んでみるといい」（ズイッ）
亭「ああ、うん（受け取る）……口付けてるけど、飲んでも良いのか？」
美月「気にしないでいい」
亭（間接キスを気にして……とか、そういう風習はないのかな？）
亭「甘いミルクティーって苦手なんだけど……それじゃあ……ズズズ」
美月「……どうだ？」
亭「……思ってたのと全然違うな。甘くない。むしろほのかに塩味があるか？」
美月「それはそうだ。カレムスタンの民にとって乳茶は、西洋人が優雅に飲むようなものではなく、家畜の世話の間にサッと飲むためのものだからな」
亭「これは……味を表現するのが難しいな。ミルクティーって感じじゃない。むしろポタージュ……ほどはこってりしてないか。でもミルクの濃厚さは感じる。アサリの風味（磯臭さ）が消えた塩分控えめのクラムチャウダーって感じかな。たしかに飲み物というよりは食事のほうに近い気がする。でも、これはこれでアリだな」（お碗を返す）
美月「ふふふ、そうだろうとも……ズズズ」
亭「……メイユエは飲みかけであっても気にしないんだな」
美月「？　べつに構わんだろう？　私たちは仮初めでも、夫婦なのだからな」
亭（割り切りが良いだけだった！）
美月「どうした？　顔が赤いぞ」
亭（誰のせいだと……）

9, 闇夜のいななき

朝起きて、カーテンを開くと雨だった。

スマホの天気予報を見ると今週はずっと雨模様らしい。

夏休みも間近なこの時期の長雨は、ジメジメしててちょっと憂鬱だ。

そんな気分のまま洗面所で顔を洗って居間へ行くと、すでに飛文の手によって朝食の準備がしてあって、中学の制服を着た須玖瑠《すぐる》がご飯を食べていた。

「おはようございます。主殿《あるじどの》」

「ちょっと寝坊気味だよ。兄さん」

「おはよう」

二人に挨拶しながら自分の席に着く。

今日の朝はパンにベーコンエッグにサラダと洋風だった。

すると寝ぼけ眼《まなこ》で厚手のパジャマ姿のメイユエもやってきた。

「……おはよう」

同居してしばらくはやたらと早起きしていたメイユエも、段々と起きるのが遅くなってきている。朝ご飯も普通に食べられるようになっているし、ここでの暮らしにも順応してきた証《あかし》だろう。それがちょっと……嬉《うれ》しく思う今日この頃だ。

そして四人揃っての朝ご飯となった。

「メイユエ」

「ん」

メイユエが差し出してきた醤油《しょうゆ》を受け取ってベーコンエッグにかける。

そこであることを思い立って席を立つと「亨《とおる》、私にも」とメイユエに言われたので、俺は「了解」と返すと、二人分のグラスと麦茶を持って来た。

メイユエはグラスを受け取ると麦茶を注いだ。

そんな俺たちのやりとりを須玖瑠がキョトンとした顔で見ていた。

「……なんか二人とも、阿吽《あうん》の呼吸？」

「「えっ？」」

須玖瑠に言われて俺たちは顔を見合わせた。

「つうかあと言うか、言葉少なく相手のことがわかっている感じ？」

「たしかに、いまのやりとりは熟年夫婦感がありましたね」

飛文にまでそう言われた。そうだろうか？

「ですが、お気を付け下さい。『おい』とか『お前』とかで会話を続けていくと、知らず知らずのうちに夫婦仲が冷めていって離婚の原因になると、お昼のラジオ番組の身の上相談コーナーで言っていましたから」

「いや、そもそも離婚できないから困っているんだけど……」

というか飛文、お昼のラジオ番組とか聴いてるんだ。

すると飛文はポンと手を叩《たた》いた。

「大事なのは相手への感謝を忘れず、言葉にすることです。はい、お二人とも」

「えっ……醬油とってくれてありがとう、メイユエ」

「う、うむ。亨も、麦茶を持って来てくれてありがとう」

「はい。よくできました」

「いやいやなんなのだ、このやりとりは？」

メイユエがそういうと、須玖瑠がクスリと笑いながら、

「仲良きことは美しきかなだよ、義姉《ねえ》さん」

なんか場をまとめるようなことを言った。……やれやれ。


それからおよそ一時間後。

雨の降る中、メイユエと一緒に高校へと向かう道すがら。

「なあメイユエ。さっきのこと、どう思う？」

そう切り出すと、メイユエは小首を傾《かし》げた。

「どうって、なにがだ？」

「須玖瑠にはつうかあだって言われるし、飛文には熟年夫婦感があるって言われたろ？

言われてみればって感じだけど、どうしてかなって」

「う〜む。まあ、環境や立場が人を作るという話もあるしな」

メイユエは差していた傘をクルクルと回した。

「私たちは過程をすっとばして魂の夫婦となったが、その状況や環境に精神が順応してきているのかもしれん。夫婦であることに慣れてきているというか」

「それは……どうなんだ？」

なんか知らず知らずのうちに性格を変えられてるような気がして怖いぞ。

そう話すと、メイユエは肩をすくめた。

「そう深く考えることもなかろう。立場にあわせた態度をとるなど、誰しもがやっていることだ。社長が偉そうにしたり、教師が人格者っぽく振る舞うのと同じこと」

「そういうものか？」

「いずれ立場が変われば、容易《たやす》く変貌するだろうしな」

冥婚関係が解消されれば、こういうこともなくなるってことなのだろうか。

それはなんか……ちょっと淋《さび》しいような……って。

（えっ、なに？　残念に思ってるのか？）

自分の内側に生じた感情に困惑していた。

たしかにメイユエたちとの暮らしにも慣れて、この関係も楽しく思えてきた。

だからって無理矢理結ばれた冥婚関係の継続を望むのは、メイユエに対して無神経すぎるだろう。なにを考えているんだ、俺は……。

そんなことを考えていたときだった。

（っ！）

また背筋がゾワッとした。

これは、メイユエに不幸な現象が起こる前触れ！

すると向こうのほうから大型トラックがやって来た。

ただしトラックは車道、俺たちは歩道に居る。

歩道の端にはガードレールが設置されているし、トラックにフラフラしている様子もスピードを出しすぎている様子もなく、突っ込んでくるようなことはないだろう。

じゃあなぜと思っていると、メイユエに近い車道に大きな水溜《みずた》まりができていた。

そこをトラックが通過しようとしているということは……。

「メイユエ！」

「わかっている」

するとメイユエが車道側に傘を翳《かざ》した。

バシャーッ！

次の瞬間、トラックが水溜まりの上を通過し、跳ね上がった水がメイユエを襲うが、傘によってガードされたのでメイユエが泥だらけになることはなかった。

メイユエは傘をクルクルと回しながらこっちを見た。

「どうだ。自分でもなんとかできたぞ」

「メイユエも〝なにか来る〟ってわかったのか？」

「うむ。なんかゾワッとしたのでな」

メイユエはルンルン気分で歩き出し、くるりとこちらを向いた。

うわぁ……すっごいドヤ顔している。

「フフフ、亨の手を借りずともこのとおりだ……って？」

先を歩いているのにこちらを向いているということは、つまり後ろ向きに歩いていたわけで、メイユエは雨で濡《ぬ》れたマンホールに学校指定の革靴を滑らせた。

「うわっと!?」「っ！」

俺は傘を投げ捨てると、後ろ向きに傾いていくメイユエの腕を摑《つか》んだ。

メイユエも咄嗟《とっさ》に足で踏ん張ったことで転倒を免れたけど、なんだか社交ダンスのフィニッシュポーズのような状態で固まってしまった。

なんだかちょっと恥ずかしい格好で見つめ合う俺たち。

「……油断大敵だろう」

「あはは……すまない。助かった」

今回ばかりは勝ち気なメイユエも素直に謝罪したのだった。

二限目の授業終わりの休み時間。

俺は窓際の席なので、ぼんやりと雨が降るのを見ていた。

そういえばクラスが分かれているときのメイユエは、呪いに対処できるのだろうか。

背筋がゾワッとはしてないので大丈夫だとは思うけど。

と、そんなことを考えていたとき、曇天のせいで教室内のほうが明るかったため、白分の顔がガラスに映っていることに気づいてハッとした。

ガラスに映った自分の顔が、なんだか物思いにふけっていたからだ。

(俺、こんな顔になるほどメイユエのことを心配している?)

自分の内面に困惑していると、愛菜《まな》がやってきた。

「美月《みづき》さんのこと考えてる?」

「……なんでわかるのさ」

「そうでもなければ、そんなアンニュイな顔はしないでしょ」

「……まあ、少し思うところがあって」

俺は登校中にメイユエとした会話を愛菜に説明した。

冥婚という立場に、精神が順応し始めているというアレだ。

話を聞き終えた愛菜はコテンと小首を傾げた。

「ラヴい話?」

「どうしてそうなる」

「だってそうとしか聞こえないもん」

　すると愛菜はクスクスと笑った。

「お見合い結婚でもラブラブな夫婦はいるでしょ。べつに嫌いな相手を無理矢理好きだと思わされてるってわけでもないんだし、深く考えることもないんじゃない？」

「メイユエも似たようなこと言ってたな」

　女の子だからなのだろうか。割り切り方がすごい。

「まあ二人は幽体離脱とかいろいろあるから、考えちゃうのも仕方ないけどね」

「幽体離脱……」

　愛菜に言われて、俺はふとあることに気付いた。

「そういえば自分が幽霊状態になってるのに、他の幽霊って見たことないな」

「ん？　どういうこと？」

「ほら、マンガとかアニメで、臨死体験した主人公がその後は幽霊や妖怪の姿が見えるようになるとかあるじゃん。そこらへんにわんさか見えてる感じで。思えばそういうこともないなぁと、いまふと思ったんだ」

「ん～……まあ、幽霊ってそんなに頻繁に見えるものじゃないし」

　霊感少女の愛菜が言った。そういうものなのか？

「人が死んでない土地なんてないんだし、生き物の魂とかまで存在してたら通勤ラッシュみたいな見え方になっちゃうでしょ。相当強い念というか思いがなければ、そう簡単には現世に留《とど》まれないものなんだと私は思ってるかな」

「へえ〜」

「でも、こういう話は飯観寺《いいかんじ》先輩のが詳しいんじゃない？」

「あー……そうだね」

「？　すっごく気乗りしないって顔してるね」

「いやまあ少し話しただけでも人格者だってわかるし、基本的には良い人なんだろうけど……あんまり関わると、妙なことに巻き込まれそうな感じがして」

「それは……わかる」

愛菜も頷《うなず》いていた。非日常に憧れてたりとか、好奇心旺盛な人なら率先して関わりを持ちたがるような人物なんだけど、すでに冥婚という非日常を十分に経験している身からすると、これ以上の面倒事は文字どおり面倒なので勘弁してほしいところだ。

しかし、そういう思いは往々にして天には通じないものだったりする。

「おーい、亨。愛菜」

「ま、待って美月さん」

隣のクラスのメイユエが南雲《なぐも》さんの手を引っ張るようにしてやってきた。

どうしたのかと思っていると、メイユエは口を開いた。

「『開運部』が人手を欲しているようだ。手を貸してあげようではないか」

「「…………」」

俺と愛菜は顔を見合わせると、揃《そろ》って苦笑いをした。

どうやら面倒事に巻き込まれるのは確定らしい。


「馬、ですか？」

昼休みに開運部の部室に集まった俺たちは、飯観寺先輩の言葉に首を傾げた。

曲げわっぱの弁当を突《つつ》いていた飯観寺先輩はコクリと頷いた。

「我が輩は以前にこの学校には心霊系の曰《いわ》くがあると言いましたな？」

「そうですね」

「この飯観山は戦国大名の本城にとっての鬼門に位置し、支城が建設されたのですが、戦国期の終わりと共に廃城となりました。そして明治以降、その跡地には軍の訓練学校が建てられたのです。戦時中に空襲によって灰になりましたがな」

「あっ、小学校のとき社会科の授業でやったかも」

愛菜がポンと手を叩いた。言われてみれば憶《おぼ》えがある。

自分たちの住む町の歴史を調べよう、みたいなヤツだ。

たしかこの町は明治以降には軍の訓練所とそれにまつわる施設が建てられ、大きく発展してきたのだけど、太平洋戦争中に空襲によって甚大な被害を被《こうむ》ったとか。

俺がこの近くの小学校に通っていたときも、工事中に不発弾が見つかったため、爆弾処理作業が行われるから休校……なんてことがあったくらいだ。

飯観寺先輩は頷くとご飯の上の梅干しを除《よ》け、唐揚げをポンと載せた。

「この飯観山高校はその軍学校の跡地に建設されました。それ故に珍妙不可思議な現象が度々報告されておるのです。俗に言う心霊スポットというヤツですな」

「そんな場所に学校を建てたんですか……」

「まあ支城は交通の便が良い場所に建てられるものですからな。学校が建てられるのも納得ですぞ。そして我が輩の実家の飯観寺は、この地に起きるそれらの現象を鎮めることも生業《なりわい》としております。そして今回、持ち込まれた依頼というのが……」

「馬……ということなのだな」

メイユエの言葉に、飯観寺先輩は頷いた。

「はい。この学校にはもう宿直当番などはなく、夜間の警備は外部の警備会社に委託しています。基本的には校内から人を閉め出して、設置されたカメラと各種センサー類によって警備し、異変があれば会社からガードマンが派遣されてきます」

「ああ。CMとかでよくやってる」

愛菜がポンと手を叩《たた》いた。霊長類最強女子とかがCMしてたアレか。

「そうですぞ。だから夜の間、校舎に人が立ち入ることはないはずなのですが……ここ数日、グラウンドの近くを記録していた監視カメラに、馬の嘶《いなな》きと走り回る音が記録されているようなのです」

「えっ、誰かが忍び込んで馬を走らせている？」

「しかし実際にグラウンドに来てみても、馬が走り回ったような痕跡もなかったのです。

そもそもカメラにも音はすれど姿は見えずですからな」

「馬《アドー》であのグラウンドを走れば蹄《ひづめ》の跡だらけになるぞ」

メイユエが腕組みをしながら言った。

さすがに遊牧民族のお姫様だけあって馬には一家言《いっかげん》あるらしい。

「それじゃあやっぱり……心霊現象？」

「そう判断されて我が家に相談が来たというわけですぞ」

飯観寺先輩はそう言って丸刈りの頭をさすった。

心霊現象……馬の幽霊ってことなんだろうか？

「でも、そんな話があるならもっと噂《うわさ》になってるんじゃ？　こういう怪奇現象の噂って、学校空間だと面白半分にどんどん拡散される気がするんですけど……」

「ああ、それはまだ噂になってないというだけですぞ。なにせ、蹄の音や馬の嘶きが聞こえるようになったのはつい最近ということらしいですからな」

「最近になって現れた、ということですか？」

「……ええ。おそらく美月くんが転校して来たくらいからでしょうか」

飯観寺先輩に視線を送られ、メイユエは目を丸くしていた。

「わ、私はなにもしていないぞ!?」

「それはそうでしょう。ただ、美月くんや志田《しだ》くんが校内を幽体でうろつくことで、眠っていた思念が目覚めた……ということもないとは言えませんな」

あー、意図的ではないにしろ俺たちが原因なのかも知れないのか。

だとすると……協力しないのも気まずいよなぁ。

「ちなみに、手伝いというのは除霊かなにかですか？」

そう尋ねると飯観寺先輩は静かに首を横に振った。

「少し違います。うちの場合は心霊現象は悪霊の仕業というより、その場に留まっている思念との悪縁によるものと考えています。だから行うべきは除霊ではなく、留まった念を大気に流して、やがて此岸《しがん》に渡るに任せるということです」

「大気に流す？」

「清流は流れ続けるから清さが保たれるもの。水は一箇所に留まり続ければ淀《よど》み、濁っていきます。思いもまた同じ。重い思いはその場に留まろうとしますが、それを上手に流すことで新たな道へと踏み出せるものなのです」

う～ん……わかるような、わからないような。

「というか、その理屈だと小紅《こべに》のアレはいいのか？」

メイユエがそう言って南雲さんの呪いのアイテムが詰まったコレクション棚を見た。

南雲さんは慌てて立ち上がると、その棚を庇《かば》うように立った。

そんなに大事なものなのだろうか？

飯観寺先輩はそんな彼女を見ながら苦笑していた。

「まあ、危なくなったら我が家でお焚《た》き上げしますぞ」

「……（フルフル）」

南雲さんがイヤイヤと首を横に振ってたけど……本当に頼みますよ？

「それで、具体的に俺たちはなにをすればいいんですか？」

そう尋ねると飯観寺先輩はグッと親指を立てた。

「お三方にご協力いただきたいのは『石運び』ですぞ！」


飯観寺先輩の話では留まって淀んだ思念を流すには、流れるべきルートを作って示してあげると良いのだそうだ。

そのために飯観寺にある霊石をルート上に配置する必要があるのだけど、全部でリアカー一台分はあるらしい。南雲さんと二人で坂の上の学校まで運ぶのは大変な作業なので、俺たちに協力してほしいとのことだった。

霊水ももらっている手前、俺たちは協力することを約束した。

放課後、俺たちは飯観寺に集まった。

朝から降っていた雨はいつの間にか止《や》んでいた。

まずは境内脇に積まれていた霊石をリアカーに積み込む作業からだった。

積み込むだけでも一苦労だと思っていると……。

「亨《とおる》。ここはタマフリの出番ではないか？」

メイユエが少しワクワクした様子で言った。

……まあ、身体能力を向上させたほうが作業効率は上がるだろうけど。

「それじゃあ早速」（プシュッ）

「うぶっ……おい、いきなり……」

いきなりメイユエにスプレー瓶入りの霊水を吹きかけられた。

次の瞬間、俺の身体《からだ》から魂が引き剝がされた。

抜け殻になって崩れ落ちそうになった俺の身体を飯観寺先輩と南雲さんが支える。

「これって……本当に幽体離脱しているの？」

「南雲くんは見るのが初めてでしたかな」

「……うん。みんなみたいに抜け出た魂は見えないけど」

呪いのアイテムとか集めてる割りには霊感とかないのか。いやまあ、むしろないからこそ、そういったものに興味を持っているのかもしれないけど。

『それじゃあ……行くぞ』

「う、うむ」

メイユエの背後に回って言うと、メイユエは緊張した様子で頷いた。

襲ってくるあの感覚に耐えられるよう覚悟を決めているようだ。

俺も意を決して彼女の身体に重なり、自分を沈めていく。

ぬぷっ。

「『…………っ!?　』」

身体に入っていくとき、またあの妙に生々しく心地好《よ》い感覚が押し寄せてくる。メイユエは声を上げないように口を押さえていたが、その姿はむしろ……。

「な……なんか、エロティック」

南雲さんの感想どおりだろう。全然我慢できていない。

愛菜《まな》や先輩もバツが悪そうに顔を背けているし。

しばらくしてそんな感覚も収まり、メイユエの身体を完全に掌握した。

「よし。それじゃあちゃっちゃと積み込もうか／

私の身体なのだ。大事に扱ってくれよ／

わかってるって」

一人で二人分の会話をしながら、俺は霊石の一つを持ってみた。

漬物石くらいの大きさで、飯観寺先輩が片手で一個ずつ、愛菜や南雲さんは両手で一個ずつしか持てないような重量のあるそれを、俺は五、六個まとめて抱え上げると、リアカーのところまで運んでゴロゴロと積み込む。

メイユエの細腕からは考えられないようなパワーが出せていた。

「すごい力。これがタマフリなのね」

「私は【龍神娘《アジュ・メルゲン》】モードと呼んでいるがな」

南雲《なぐも》さんが感心したように言うと、メイユエが少し自慢げに言った。

手足を動かしてるのは俺なんだけどなぁ……。

そんな【龍神娘《アジュ・メルゲン》】モードの活躍もあって、積み込み作業はすぐに終わった。

霊石が山積みにされたリアカー。

なんとなくピラミッドの石を運ぶ労働者の姿を幻視するそれを、試しに自分一人で引っ張ってみると……ちょっと重いけど問題なく動かすことができた。

坂道で自転車を手で押して登っているくらいの感覚だった。

(「ふむ。これなら亨の身体を乗せて運んでも良いかもな／やめろって。見た目が完全に死体遺棄の現行犯じゃないか」)

内心でメイユエとそんなことを話しながら、俺たちは愛菜たちの介添えを受けて、リアカーを坂の上の学校まで運ぶ。介添え中、愛菜と南雲さんが目を丸くしていた。

「すごく軽い。ほとんど美月さんの力なんだよね？」

「本当に、すごいパワー」

「ふふふ。いまの私はさながら鉄腕サバルと言ったところか」

メイユエが自慢気に言った。引いてるのは俺なんだけど……。

「っていうか鉄腕……誰？　アトムじゃなくて？／八十一尋《ひろ》（大体百二十メートルくらい）の大斧《おおおの》を使うジャンガルの勇士だ／

さすがに誇張しすぎだろ！　絶対使いづらいじゃん！／神話とはそういうものだ。八本首の大蛇などいないとツッコむか？／ぐうの音も出ない！」

「一人で討論してる光景ってシュールだね……」

愛菜が苦笑しながらそう言った。

傍目《はため》にはメイユエがリアカーを引きながら独り言を言っているだけだからな。

そうこうしているうちに学校のグラウンドまで辿《たど》り着く。

普段なら野球部なりサッカー部なりが練習しているころだけど、学校側から話がいっていたのか今日は休みのようだった。雨上がりの土の匂いがする。

「それでは、指定したとおりに石を置いていってくださいですぞ」

飯観寺《いいかんじ》先輩に言われて俺たちは指示通りに霊石を配置していった。

その作業もみんなでやれば三十分もかからなかった。

作業が完了したところで、飯観寺先輩はふうと一息吐《つ》いた。そして……。

「さて、これであとは夜を待つのみなのですが……皆さんはどうされますかな？　見届けるにしても一度家に帰って準備するというのもアリだと思いますぞ」

丸刈り頭の汗を手ぬぐいで拭きながらそう聞いてきた。

メイユエ（と俺）と愛菜は顔を見合わせた。

「ここまで付き合ったのだ。最後まで見届けたいぞ」

メイユエの口が勝手にそう言うと、愛菜も頷《うなず》いた。

「私も気になるよ。一回、家で着替えてきたいけど」

「私が参加するのだから亨も強制参加だ。離れられんのだしな／いいけど……せめて意見くらいは言わせてほしいぞ／私の口なのだから、私の意見は私の意見。私の意見が亨の意見だ／なにその変則的なジャイアニズム!?」

開運部の二人ももちろん残るので、結局全員で残ることになった。

準備を終えて飯観寺に戻ると、俺は自分の身体に戻った。その後、俺たちは一旦それぞれ自分の家へと帰って私服に着替えてから、夕方頃に飯観寺に再集合した。そして先輩が出してくれたお茶と大福をご馳走《ちそう》になりながら、そのときを待ったのだった。

夜が深まり……馬の嘶《いなな》きが記録されたという午後九時に学校へと戻ってくる。

「丑三《うしみ》つ時《どき》とかじゃないんだな」

「午前二時くらいだっけ？　深夜にならなくて良かったね」

そんなことを愛菜と話しながら歩いていると……。

『ヒヒーンッ』

グラウンドのほうから本当に馬の嘶きが聞こえて来た。

俺たちは急いでグラウンドのほうへと走る。

「……いるの？」

この中で霊感のない南雲さんが目を凝らしながら尋ねた。

「うん。白い馬がグラウンドを駆け回っている」

「なかなか見事な毛並みですなぁ」

霊感のある愛菜と飯観寺先輩が言い切った。

おそらく南雲さんには見えてなくて、愛菜と飯観寺先輩にはハッキリ見えているのだろう。一方、俺たちはと言うと……。

「メイユエには見えてる？」

「なにか居る気はするがハッキリとは見えん。亨は？」

「同じく。幽体になれても幽霊が見えるわけじゃないのか？」

どうやら俺もメイユエも南雲さんと同じ霊感がない人間のようだ。ハッキリと見えるのは魂が繋《つな》がっているお互いだけということなのだろうか？

「幽体状態なら見えるだろうか？　亨、私の身体を頼む」

「あ、おい」

制止する間もなく、メイユエは自分の顔にスプレー瓶の霊水をプシュッとかけた。途端に魂が抜け出して、崩れ落ちそうになるメイユエの身体を慌てて支える。華奢《きゃしゃ》なんだけど倒れようとする人の身体というのはなかなか重く感じる。

『おお！　いるな。立派な白き雌馬《ツアガーン・グー》だ』

俺がなんとか身体を支えている横では、魂だけになったメイユエが暢気《のんき》にそんなことを言っていた。……このまま投げ捨てたろか。死体遺棄になるか？

とりあえずメイユエの身体は近場にあったベンチに横たえておく。運ぶときにお姫様抱っこしてしまい、愛菜と南雲さんに温かい目で見られたけど気にしない。

メイユエの身体を寝かし終えた後で、グラウンドのほうを見る。

『ブルルル……』

相変わらず馬の声は聞こえる。だけど姿は見えない。

「その馬とやらはどういう状態なんだ？」

『気が昂《たか》ぶっているな。いわゆる暴れ馬の状態だ』

尋ねると、メイユエ（魂）が腕組みをしながら答えた。

『だいぶ怒っている。それに、満たされない思いがあるようだ』

「そこまでわかるのですか？」

飯観寺先輩が目を丸くしていた。メイユエは頷く。

『耳が寝ているのは怒っているときだ。そして前肢で地面を掻《か》く仕草は人間で言う地団駄だ。腹が減っているときなど、満たされないときにやる仕草だな』

さすが遊牧民族のお姫様。馬の気持ちはよくわかるようだ。

すると飯観寺先輩が困り顔で唸《うな》った。

「う～ん……なにか強い思いを持っているとすると、霊石での誘導だけでは無理かもしれませんな。未練があって土地に縛られる霊は厄介ですぞ」

「そうなんですか？」

「地縛霊というくらいですからな。なかなか祓《はら》うことができないのです。人の霊ならば未練の種類によって慰めたり、一喝して未練を断ち切らせたりと方法もあるのですが、馬の気持ちを慮《おもんぱか》ることはできませんし……」

「……ニンジンお供えしてみる？」

南雲さんがポソッと呟《つぶや》いた。それで成仏してくれるなら御の字だけど。

「ペット用の翻訳アプリとか使えないかな？」

愛菜がスマホを翳《かざ》して見せた。いやいや、それって犬猫用なんじゃ？

「ポメ丸に使ってみようかと思って、インストールだけはしたんだ」

「馬の幽霊の言葉までわかったら大発明だわ……」

愛菜とそんなことを話していたとき、メイユエがすーっと前に出た。

「？　メイユエ？」

『……亨。私、あの子の気持ち、わかるかもしれない』

「えっ？　カレムスタン人ってそんなこともわかるの？」

『いや、もちろんそんなことはないんだが……幽体になったせいなのか、あの子の記憶が私に流れ込んでくるようなのだ』

記憶？　あの幽霊馬の？

『ちょっと行ってくる』

「あ、おい」

止める間もなく、メイユエはグラウンドの中央へと向かっていった。

◇　◇　◇

『――元気にしているか――号よ――』

またださっきから知らない男性の声が私の頭に流れ込んでくる。

聞き覚えのない声のはずなのに、どこか温かく、懐かしく、そして切ない。

これは斷くあの子の気持ちなのだろうか。

『――ほう号――雛鵬号《すうほうごう》――』

雛鵬。それがこの子の名前なのだろうか。

『――雛鵬号。お前の毛並みは他のどの馬よりも美しいな』

次の瞬間、雛鵬号の記憶の一端が垣間見《かいまみ》えた。

白い軍服を着た若い将校を乗せて、あの白い馬が走っている。

グラウンドにはゴールポストも野球用の白線もないむき出しの地面になり、背後にそびえたコンクリートの校舎は消えて、横に長い木造の建物があるだけの景色になる。

これは……過去のこの場所の景色なのだろうか？

『――すまない雛鵬号。明日からはもう、お前の世話をできなくなる』

厩舎《きゅうしゃ》と思われる場所で、雛鵬号をブラッシングしながら若い将校は言う。

『――出征命令が出てしまったんだ。訓練官も学徒もまとめて駆り出さねばならないのだから、我が国は相当に追い詰められているのだろう』

これは、別離のシーンだ。

この国の歴史には詳しくないけど、そうだと心が告げていた。

『――もし、また生きてこの国に帰ることができたなら、そのときはもう一度、お前の背に乗せてくれ。また共に駆けよう、雛鵬号――』

雛鵬から流れ込む感情が叫んでいる。

彼が二度と帰ってくることはなかったということを。

『其方《そなた》は、ずっと待っていたのだな』

近寄ってきた白馬の首筋を優しく撫《な》でながら尋ねる。

雛鵬は円《つぶ》らな瞳でジーッと私のことを見つめてきた。

この子はずっと待ち続けたのだ。

あの若い将校が帰って来て、もう一度自分の背に乗ってくれるときを。

飯観寺が以前、この高校は軍学校のあった跡地に建てられたと言っていた。そして軍学校のあったこの地はかつて空襲によって灰になったとも。

雛鵬もまたそのときに灰燼《かいじん》に帰したのだろう。

それでもまだ、彼を待ち続けてきたのだ。

雛鵬は首をこちらに伸ばし、ブルルと啼《な》いて前肢で地面を掻いた。

その瞳が語っている。もう一度、誰かを乗せて走りたいのだと。

（そうか。だから私なのだな）

騎馬の民である私が現れたから、其方は目覚めたのだな。

『雛鵬よ！　健気《けなげ》なる白き雌馬《ツァガーン・グー》よ！　其方の忠心と高潔さはゲセル聖明ハーンの赤毛の神馬《しんめ》にも、一代の孤児ジャンガルの愛馬アランザル・ゼールテにも劣らぬ！』

私はその馬を讃《たた》えながら背を撫でた。

『いまは亡き其方の主人を連れてくることはできない。代わりに私が其方の背に乗ろう。幽体であるこの姿ならば乗ることもできるはずだ』

すると私の言葉が通じたのか、雛鵬は私が乗りやすいように膝を曲げてくれた。鐙代《あぶみ》わりになる縄（幽霊に使えるかはともかく）も持っていなかったので助かる。

私がその背に跨《また》がると、雛鵬は立ち上がった。

そして私を乗せてパカポコと走り出す。

速歩でグラウンドを一巡したところで、私は雛鵬の首に抱きつきながら言った。

『雛鵬、本気を出してくれて構わないぞ。これでも遊牧民族の姫だ。どんなじゃじゃ馬でも乗りこなしてみせよう』

『ヒヒーンッ！』

私の言葉に雛鵬は嘶き、嬉《うれ》しそうに飛び跳ねると全力で走り出した。

◇　◇　◇

(本当に乗りこなしてる)

俺は白い馬の背に乗って駆け回るメイユエを、グラウンドの中央から見ていた。メイユエは忘れてそうだけど、このグラウンドの端から端までは百メートルを超えてしまっている。だからメイユエが引っ張られて落馬しないように、俺はグラウンドの中央に立っていたのだ。……それにしても。

(……綺麗《きれい》だな)

メイユエが乗った瞬間、俺にも白馬の姿が見えるようになった。

魂が繋がっているメイユエが触れたからか、あるいは人馬一体ってことなのか。

そんな白馬をメイユエは長年乗り続けた愛馬かのように乗りこなしている。

鞍《くら》も鐙も手綱もない。首に手を回し、腿《もも》で背を挟んでいるだけだ。

それだけで全力疾走する馬から振り落とされることもない。

月明かりの下、白馬と共に風になるメイユエは美しかった。

まるで映画のワンシーンを観《み》ているかのような気分になる。とても叙情的だ。

そう思わせるほど、いまのメイユエは絵になっていた。

「もしかして見惚《みほ》れてる？」

いつの間にか隣に居た愛菜《まな》にニヤニヤ顔で言われた。ったく。

「……否定できないな」

「おっ、素直だね」

「無理に意地を張る必要もないだろ。実際、綺麗なんだし」

俺は腰に手を当てながら小さく溜息《ためいき》を吐《つ》いた。

「あれも……メイユエなんだよな」

「ん？　どういうこと？」

「勇壮に馬で駆けているアイツも、学校ではやたらツンケンしてるアイツも、家で須玖瑠《すぐる》とロボットアニメに興奮しているアイツも、犬に近づかれて固まるアイツも、全部が全部メイユエなんだよなぁって。そう思うとなんだか……」

「愛《いと》おしい、とか？」

「的確に心を言い当ててくるのやめてくれない？」

……そろそろ観念しなきゃいけないだろう。

俺の中ではもうメイユエは特別なのだ。

冥婚を結んだ相手というだけでなく、心情的にも離れがたい存在になっている。さっき愛菜は『見惚れてる？』と聞いたけど、正確には『惚《ほ》れ直してる』だろう。

俺の嫁（魂）は世界一カワイイ……のかもしれない。

『おーい！　と～る～、まな～！』

こちらに向かって手を振るメイユエを見てそんなことを思った。

しばらくして、幽霊馬（メイユエ曰《いわ》く『雛鵬号』）はメイユエを降ろした。

『ヒヒーンッ！』

すると雛鵬号は前肢を跳ね上げて大きく嘶《いなな》いたかと思うと、飯観寺《いいかんじ》先輩が設置した霊石にそって駆け抜けていき、闇夜の中に消えていった。

もう一度誰かを背に乗せて走りたいという思いが満たされたことで、土地に縛られることがなくなったということなのだろう。

「これで、成仏させられたってことですか？」

飯観寺先輩にそう尋ねると、先輩は苦笑しながら肩をすくめた。

「重い思いを流すことはできましたが、その後はあの馬次第ですな。ただあの様子ならば方々を駆け回って満足したら、行くべき場所に流れていくでしょう」

「問題なかろう」

すると自分の身体《からだ》に戻ったメイユエが胸を張った。

「向こうには雛鵬のご主人もいるだろうし、迷わず向かうはずだ」

「……そうだな」

俺が頷《うなず》くと、愛菜も南雲《なぐも》さんも頷いていた。この一夜の幻のような出来事は大団円に終わったのだと、その場に居た誰もが信じたのだった。

幕間話　青春ガールと平穏ガール

「あれ？　南雲さん一人？」

私、雪屋《ゆきや》愛菜が開運部の部室を尋ねると、そこに居たのは南雲さんだけだった。

南雲小紅《こべに》さん。美月《みづき》さんと同じクラスの、小柄で引っ込み思案の女の子。

趣味は曰く付きのアイテム（呪いの人形など）集めなんだとか。

「……まだ、誰も来ていない」

パイプ椅子に座った南雲さんは視線を手に持っていた『髪が伸びるテディベア』（通称『モヒカンベア』）から上げないまま答えた。人の目を見て話すのが苦手なようだ。

私は構わずにテーブルを挟んだ彼女の向かいに座った。

「飯観寺先輩は？」

「……あの幽霊馬のことを学校に説明してくるって」

「そっか。亨《とおる》くんや美月さんはもう少ししたら来るよ」

「……そう」

……会話が途切れてしまった。

南雲さんはあまり人と話すタイプじゃなさそうだし仕方ないか。

私も大人しくスマホを出して、電書で購入していたマンガを読み始める。

少しの沈黙の時間が流れる。すると……。

「雪屋さんは……」

「えっ？」

不意に南雲さんのほうから話しかけてきた。

驚いたけど、会話しようとしてくれるのは嬉しいので慌てて返事をする。

「あっ、なにかな？」

「……どうして、あの二人と一緒にいるのかなって」

「どうして……というのは？」

「あの二人は冥婚という特殊な状況下に置かれている。だから一緒に居るのはわかる。だけど、そんな二人と一緒に居る雪屋さんは……その……普通の人に見える」

「普通？　幽霊見えるのに？」

私が小首を傾《かし》げると、南雲さんはブンブンと首を横に振った。

「そういう意味じゃない。この前の幽霊馬のときもそうだけど、付き合う義理もないのに付き合っているというか……二人のサポート役になっているというか。どうして二人のためにそこまでしてあげるのかなって、純粋に疑問に思ったの」

ああ……南雲さんには私がそんな風に見えてたのか。

「う〜ん……私が二人と関わり続けていたいからサポートしてるって感じかな」

「？　どういうこと？」

「えっとね。私って結構友人が多いほうなんだ」

「……自慢話？」

「そうじゃなくて、友人が多い割りに付き合いが浅くなりがちなんだよね」

自分で言うのもなんだけど、私はよく言えば人当たりが良く、悪い言い方をするなら八方美人なところがある。誰に対しても気さくに接して、不快に思われないよう踏み込みすぎもしない。それは相手に深く関わろうとしてないということでもある。

「私の中では『友人』と『友達』ってハッキリと区別してるんだよね」

「違いがよくわからないんだけど」

「『友人』っていうのは一緒に遊んでて楽しい人。楽しさだけしか共有しないから、関係性が切れたとしてもそれまでって割り切れる感じ。逆に『友達』っていうのはたとえ一時喧嘩《けんか》しても険悪になっても、それでも関係性を続けたいって思える相手かな。たとえ向こうからは邪険にされててもね。まあ私の中での基準だけど」

「………………」

南雲さんは黙って私の話を聞いていた。興味持ってもらえてるかな？

「その理屈で言うと、私は『友人』は多いけど『友達』はあまりいないんだ。いつか、高校生活を振り返ったとき、記憶に残っているクラスメイトが何人いるんだろうって。アハハ……それぐらいの関係性しか築けてないんだよ」

「……私も似たようなものだけど」

おっ、人見知りの南雲さんの共感を得られたようだ。

私は嬉《うれ》しくなって「だよね！」と言いながらテーブルにバンと手を突いた。

あっ、ちょっとビクッてされた。自重自重。

「オホン……でもさ、亨くんや美月さんのことは多分この先何年経《た》っても忘れないと思うんだ。だって結婚しているし、幽体離脱するし、この前は馬のオバケだよ？　高校入って三ヶ月くらいたったけど、ここ一、二週間に思い出を上書きされてる気がする」

「それは……わかる」

「本当に観てて飽きない二人だよね。次はなにが起きるのか楽しみだよ。だから……二人といると実感するんだ。『ああいま私は友達と青春できてる！』ってね」

「青春……？」

「うん。私が絶対に関係性を切りたくない人たちと、一緒のときを過ごせてる。記憶に残るような青春が送れてるってね。だからこの青春を目一杯楽しみたいと思ってる」

ここ最近は、まるでマンガや小説のような出来事ばかりだ。

希薄な関係性しか築けなかった私が、気付けばディープな人たちと、ディープな関係性を築いて、ディープな日々を過ごしている。

なんて素敵で楽しい日々なんだろう。

私はキョトンとしている南雲さんにウインクして見せた。

「もちろん飯観寺先輩や南雲さんとも友達になりたいよ？　二人も見てて飽きない人たち

だし、これはもう関わり続けるしかないでしょ！」

私がそう力説すると、南雲さんは小さく溜息を吐いた。

「……私まで珍獣扱い？」

「だって曰く付きアイテム集めてる女子高生なんて普通じゃないもん」

「……………」

「だからこそ、私は仲良くしたいと思ってる」

みんなが私をどんなことに巻き込んでくれるのか、楽しみでしょうがない。

だからこれからも仲良くしたいと思っている。

ちょっと不思議なみんなとの日々が、私の青春って胸を張って言えるように。

すると南雲さんはプイッと顔を背けた。

「私には……よくわからない」

「そう？」

「私が求めるのは平穏だから」

平穏？　曰く付きアイテムとか集めてるのに？

南雲さんはモヒカンベアで口元を隠しながら言った。

「私は、私の周りが静かで、穏やかな日々が過ごせるならそれで良いと思ってるから。曰く付きのアイテムを集め出したのも、最初から人と違う風を装っておけば周囲からソッとしておいてもらえるからだし」

うわっ、筋金入りの陰の者だ。曰く付きアイテムを人付き合いしないための道具として利用してたのか。私はむしろ興味を持っちゃったけど。

「じゃあなんで開運部に入ってるの？」

「……アイテム置き場に困って持ち歩いてたら、飯観寺先輩が声を掛けてきた。多分、先輩的には放置しておくのが心配だったんだと思う」

「それは……うん」

ごめん南雲さん。この件に関しては飯観寺先輩に同意する。

「部室に置いていて良いって言われたから置かせてもらってる。この趣味を知っても先輩は困ったような顔で笑うだけだから、居心地も悪くないし」

だから開運部に入っていると。なるほど。

「私も、南雲さんと仲良くしたいと思ってるよ？　その趣味を知ってもね」

「……知らないけど」

「小紅ちゃんって呼んでいい？」

「（溜息）……好きにすればいい」

よし、了承は得られた。南雲さ……小紅ちゃんとの距離が縮まったような。そうでもないような。そんな、なにげない青春の一日だった。

10, 思い出したこと

夢の中で、これは夢だと理解できる明晰夢《めいせきむ》。

夢は脳が記憶を整理するために見せるものだと聞いたことがある。

だから夢はどこかで見た景色、いつかの記憶であることが多いのだとか。

だとすると……これは一体いつのことなのだろう。

場所は映画館。俺はハリウッド産のアクション映画を観《み》ている。

これはメイユエと出掛けたときの記憶？

そう思ったけど隣の席にメイユエの姿はなかった。

そうだ。俺は一人で観に来たんだっけ。

このユニバースシリーズは長く続いているので前知識を持ってる人と、これがシリーズ作品初見という人とでは感想がズレる。あそこに出てきたあの人はべつの作品に出てた人だとか、あのヴィランも実は有名なのだとか、この作品が初見の人に言ってもキョトンとされるだけだろう。だから他人を誘いづらいのだ。

まあもともと友達は少ないほうなのだけど。

ともかく映画自体は面白かったので満足しながら映画館を出ると、少し前を見慣れぬ外国の民族衣装を着た女の子が歩いていることに気が付いた。

あれ……メイユエだよな？

じゃあこれはメイユエと一緒に来たときの記憶なのか？

いや、でもあのときのメイユエは民族衣装を着ていなかったな。それに俺のほうを気にする素振りもなく、ただ前をスタスタと歩いているのも変だ。

一緒に来ているという感じではない。

なんなんだろう、この記憶は……。

そう思っていると、映画館の入っているショッピングモールから最寄りの駅へと向かう途中の路地裏で、前を歩くメイユエの横に一台のバンが止まった。

そのバンから三人の男たちが降りてくる。

屈強と言うほどではないが背の高い男たちは、ずいぶんと湾曲した刃渡り一メートルほどの剣（曲刀？）を手にしており、その刃部分をメイユエの首元に突きつけた。

そして男たちはメイユエの腕を摑《つか》み、バンの中に引きずり込もうとしている。

って、思いっきり誘拐の瞬間じゃないか！

記憶の中の俺は咄嗟《とっさ》に大声で叫んだ。

『火事だあああ‼』

誘拐されそうなとき『きゃあ！』とか『助けて！』だと友人とふざけているだけだと思われるので、人を呼びたいときは『火事だ！』と叫びましょう……と小学校のころ教わったことを実践したわけだ。ここは路地裏。火事と聞いて心配になった近隣の住人たちがチラホラと家から出てくる。

それに男たちは焦ったようだ。

その混乱を突いて俺は男たちの間に割って入り、メイユエの手を掴んでいた男の股間を蹴り上げた。悶絶《もんぜつ》し、男が手を離した隙に俺はメイユエを連れだした。

『其方《そなた》、何者だ!?』

『むしろ俺がお前に聞きたいわ！』

驚くメイユエに、俺は走りながらそう返した。

『真っ昼間に剣を持ったヤツらに誘拐されそうになってるって何者なんだよ!?　服装は外国人っぽいけど！』

『私は……危ないっ！』

メイユエの声に振り向くと、男が曲刀を振り上げていた。

俺はメイユエを放すと、曲刀を咄嗟に入り身をして回避した。

そして左手を剣の峰に添えて支点にし、右手で柄《つか》を掴んでグルンと回転させて剣を奪い取る。マンガ『ワールド忍ウォー蝦蟇丸《がまる》』の『無刀取り』だ。

『お前、その動きは一体!?』

傍《そば》で見ていたメイユエも驚いていたけど、俺自身が一番驚いていた。

(見よう見まねだけど成功しちゃったよ！)

奪った曲刀をどうしよう。

とりあえず致命傷にならなそうな腿《もも》をブスッと刺してから投げ捨てた。

刺された男は蹲《うずくま》っていたけど正当防衛だからな！

『ってなんで武器を捨ててるんだ!?』

『こんなの持って逃げてたらどっちが不審者かわかんないだろ！　下手《へた》したら助けを求めようとした警官に撃たれかねないぞ！』

『くっ、日本《ヤポン》の治安の良さが裏目に出たか！』

『とにかく逃げるぞ！』

俺はメイユエと男たちのバンの入ってこられなそうな隘路《あいろ》を逃げ回った。怪しいヤツらではあるが銃火器は持っていないようだ。となると、一番警戒しなくてはいけないのはバンで突っ込まれて撥《は》ね飛ばされることだ。

だから車が入りにくい路地裏などを逃げ回る。

そしてここもバンでは追えないだろうと、高い川沿いの土手を駆け上がった。

『うわっ、と!?』『なっ！』

勢いよく駆け上がったはいいものの、そのまま勢い余って反対側の坂へと踏み込んでしまった。駆け上がった土手は下るしかないわけで、俺たちはもつれ合いながら土手をゴロゴロと転がり落ちる羽目になった。

下のサイクリングロードまで転がり落ちてようやく止まった。

『うぐぐ……』『イタタタ……』

俺たちは呻《うめ》いた。全身が痛い。
転がるときに打ったのと、あとは草や小石でいろんなところを切ったようだ。
それでもなんとか身を起こして、俺たちは橋の下の陰に身を隠した。
『だ、大丈夫？』
『う、うむ。なんとか……全身が痛いが……』
メイユエが顔をしかめながらそう言った。
『……すまない。其方まで巻き込んでしまって』
『今更だけど、なんで追われてるの？　あいつらはなに？』
『思い当たる節がないこともない。私も国に帰ればそれなりの立場があるからな』
『国に帰ればって……「ローマの休日」みたいだな』
『まともに観たことはないが、まあそんなところだろう』
メイユエは力無く笑ったのだった。
『あまり長居はしたくないな。川沿いは見晴らしが良いし』
『うむ』
少し休んで息を整えてから、俺たちは逃走を再開した。
男たちはまだ追ってきている。
身体《からだ》のいろんな場所が痛む中、俺たちは手を取り合って逃げ続けた。
いまはただ繋《つな》いだぬくもりを守りたかった。

『大丈夫だから』

俺はメイユエに言った。

『キミは俺が護《まも》るから。絶対……』

俺の言葉にメイユエは一度頷《うなず》いたが、すぐに首を横に振った。

『護られてばかりは沽券《こけん》に関わる。私が其方を護ろう』

『いやいや、護ろうって、こっちは巻き込まれた側なんだけど？』

『それはすまん！』

そんなことを言い合いながら逃げ続ける俺たち。

すると緊張が続く中で、不意にメイユエが『なあ』と呼び掛けてきた。

『まだお互い名乗ってなかったな』

『あっ、そういえばそうだな……』

ああ、このときは初対面だったっけ。

『俺は……』『私は……』

名乗り合おうとしたそのときだった。青信号の横断歩道を渡っていた俺たちに、男たちのバンではなく、飲酒運転のトラックが突っ込んできたのは。

◇　◇　◇

（名乗りあってすらいなかったのか……）

自分の部屋のベッドの上で目覚めた俺は、ぼんやりとした頭で呟《つぶや》いた。

いまの夢は一度死ぬ前の記憶なのだろう。

そうだとすれば、いろいろ腑《ふ》に落ちることもある。

メイユエと焼き肉食べ放題に行った日、観た映画に既視感があったこととかだ。臨死体験をする前に同じ映画を観ていたのなら、内容を憶《おぼ》えていたことにも納得が行く。

メイユエも飛文をまいて映画を観に行っていたと言ってたし、一人になったタイミングで襲われたのだろう。だからあのとき飛文も居なかった。

（だとすると……ちょっとマズいか？）

誘拐という実力行使に出てきたヤツらがいるとすれば、メイユエに不運が降りかかるってだけでは済まないかもしれない。またあの男たちが襲ってこないとも限らないし、場合によっては一緒に暮らしてる俺や須玖瑠《すぐる》もターゲットになるかもしれない。

（飛文に確認しておいたほうがいいか……）

そう思って俺は起き上がり、居間に行くために部屋を出た。

「うわっ」「おっと？」

そこでパジャマ姿のメイユエと出くわした。

「あー……おはよう、メイユエ」

「お、おう。おはよう」

挨拶をすればメイユエもそう返してきたけど、視線は合わなかった。

なんだか妙に余所余所《よそよそ》しくて、俺の顔を見ないようにしている。

(この反応……もしかして……)

「なあ、メイユエ？」

「な、なんだ？」

「もしかして死ぬ前のこと思い出した？　夢で見て」

「なっ!?」

俺の言葉にメイユエは目を見開いていた。図星か。

「同じ夢を見ていたとはな。これも魂が繋がっている影響なのか？」

「ということは……亨《とおる》も見たのだな？」

「ああ、うん」

するとメイユエは表情を曇らせた。そして……。

「……すまん。私の事情に巻き込み、あまつさえ命の危機にまで曝《さら》してしまった」

瞳を伏せながら頭を下げてきた。素直な謝罪。

おそらく罪悪感で一杯なのだろう。俺は頭を掻《か》いた。

「首を突っ込んだのは俺みたいだし、気にしなくても良いぞ」

「そうもいかないだろう。以前のこともそうだが、いまもなお亨のことをこちらの事情に
巻き込もうとしているのだからな。……本当にすまない」

「……まあ、まずは飛文の話を聞きに行こう」

気にするな、と言っても気にするだろうし、そうなると水掛け論になる。それよりはいまの状況を確認するほうが大事だ。

メイユエもコクリと頷いたのだった。


「そうですね。お嬢様を狙っている者はおります」

朝食の席で尋ねると飛文はあっさりと言った。

メイユエがテーブルにバンッと手を突いて身を乗り出した。

「私も聞いてないのだが!?」

「言ってませんでしたから」

飛文はしれっとした顔で言った。

「伝えたところでお嬢様に心労を掛けるだけだと、奥様と判断しました。すでに本国からの要請により、この国の警察も動いてくれていますから、向こうもそう簡単には手を出せないはずですし」

「警察って。悪いヤツらはそういう法の目をくぐるものなのでは？」

「お嬢様……」

飛文は残念なものを見るような目をメイユエに向けた。

「カレムスタンは地図でも省略されがちな小国です」

「それはよく知っているが……」

「資金力で言えば東京の西側の市一つ分にも遠く及びません。そのような小国が放った刺客なのですから、装備なども高が知れているのです。当然、銃火器のようなものを持ち込むような資金もありません。密輸ってかなりのお金が掛かりますからね」

そう言えば……夢で見た男たちも装備は曲刀だったたな。随分と時代錯誤な装備だと思ったけど、アレって拳銃とかを密輸する資金力がなかったからなのか。だとするとあの剣もコレクション目的の物を改造したとかそんな感じなのかも。

「？　つまりどういうことなのだ？」

「おそらく犯人たちは、事件を捜査している刑事さんはおろか、そこら辺を巡回しているお巡りさんにも勝てない装備しか持っていないということです」

「しょぼいな、カレムスタン！　我が国だけど！」

「ええ。ですから、犯人側もそう大っぴらには動かないだろうと考えていました。少なくともこの国に居る間は安全であろうと。……ですが、これから先はそうも言っていられないかもしれません」

飛文の表情が険しくなった。なにかあるのだろうか？

「つい昨日のことですが、本国にて『呪《まじな》いの洞窟』を使い、お嬢様を呪った者たちを検挙したようです。汗《ハン》様がずっと血眼《ちまなこ》になって探してましたから。……それはもう、狭い国土を焦土に変えそうな勢いで」

「お、おう。さすが父上だな」

　メイユエがちょっと引き気味に言った。主犯は捕まったってことか。

「それじゃあ、刺客の問題はこれで解決ってこと？」

　俺がそう尋ねると、飛文は「いいえ」と首を横に振った。

「そう簡単にはいかないでしょう。本国に居る主犯が捕まった以上、この国に潜伏している刺客たちは切羽詰まっているということです。死なば諸共《もろとも》とやけを起こすか、なんとかしてお嬢様の身柄を押さえ、汗様たちと交渉したいと考えるかもしれません」

「なんだそれは。いい加減、諦めて投降しろ」

　メイユエが腕組みをしながら憤慨したように言った。

　あまり事態を楽観視できないってことか。

　すると飛文は俺に向かって頭を下げてきた。

「そういうわけですので、主殿《あるじどの》におかれましても、いましばらくはお嬢様のことよろしくお願いします。おそらく、あと少しの辛抱だと思いますので」

「んー……まあ拾った以上は最後まで面倒見ないとな」

「私は捨て猫か」

　メイユエがむくれていた。

　真面目《まじめ》に返すのも照れくさいので軽口風に言ったけど、飛文に言われるまでもなくメイユエのことを見捨てるつもりはない。一蓮托生《いちれんたくしょう》なのを抜きにしても、危険が迫っているなら放っておけないくらいの情は抱いている。

それが愛情なのかわからないけど、俺たちは（魂的には）夫婦なのだからな。

そんなことを思っていると、パジャマ姿の須玖瑠が寝ぼけ眼を擦《こす》りながら居間に現れた。

俺たちは一先《ひとま》ずこの話は終わりにして朝食をとることにした。


朝食のあと、飛文と二人きりになったタイミングで少し話した。

メイユエを誘拐しようとした者たちについて、注意すべきことなどをだ。

飛文の話では、ヤツらは日本の警察が全力で介入してくることを嫌っているため、人の多いところでは襲ってこないだろうとのことだった。

だから学校に居る間は比較的安全とのことだ。そして家の周囲は、飛文とメイユエの母さんが雇っているSPが陰ながら見張ってくれているそうな。

そうなると一番危険なのは登下校中ということになるのだけど、しばらくは飛文が車で送迎してくれるらしい。……なんというか、対策に隙が無いよな。

大人に本気で動かれると、未成年の俺にできることなど何一つないようだ。

そのことを歯痒《はがゆ》く思っていると、

「主殿には主殿にしかできないことがあるでしょう？」

飛文にわずかな微笑《ほほえ》みと共にそう言われた。

「俺にしかできないこと？」

「不安に思っているお嬢様に寄り添い、一番近くで支えることです。それはお嬢様の伴侶である貴方《あなた》にしかできないことです」

「……………」

「おや？　『所詮魂だけの夫婦だろ』と言われると思ったのですが？」

悪戯《いたずら》っぽく言う飛文に、俺は肩をすくめて見せた。

「茶化すなよ。……言うべきときかどうかくらいわかる」

照れ隠しや強がりだったとしても、メイユエを見捨てるようなことを口にしていい場面じゃないだろう。たとえ本音じゃなかったとしてもだ。

すると飛文は微笑みながら頭を下げた。

「お嬢様のこと、よろしくお願いします」


（よろしくと言われてもなぁ……）

廊下を歩きながら、俺はぼんやりと朝のことを思い出していた。

時刻はすでに放課後になっている。

今日はメイユエと愛菜《まな》と一緒に開運部を訪ねて、雛鵬号《すうほうごう》の顚末《てんまつ》を聞く予定だった。

あのあとちゃんと成仏できたのか、怪奇現象は収まったのか、などだ。

その用事が済み次第、飛文に連絡を入れて迎えに来てもらうことになっている。

(俺にできること……か)

「なにか考え事？」

隣を歩く愛菜に聞かれ、俺は「まあね」とだけ答えた。

俺たち二人は今日掃除当番だったため、メイユエは先に開運部の部室へと向かっていた。

部室までなら百メートル離れることもないだろうし、学校内ならあの誘拐犯たちが侵入してくることもないだろう。

そう思っていたのだけど……。

「っ！」

不意にあのゾワゾワとした感覚が背中を襲った。

これは、メイユエに不幸が迫っているときに感じるアレだ。

「メイユエ！」

「えっ、亨くん!?」

驚く愛菜を置いて、俺は開運部の部室へと急いだ。

部室棟の階段を駆け上がり、部室の中へと駆け込むと、そこには……。

「……いない？」

誰も居なかった。メイユエの姿もないし。飯観寺《いいかんじ》先輩や南雲《なぐも》さんの姿もない。

部屋の中で争ったような形跡もない。

だけど……なんだろう。嫌な感じは消えなかった。

「ハァ……ハァ……と、亨くん？　一体どうしたの？」

息を切らせた愛菜もやって来た。

「愛菜、メイユエが居ないんだ」

「えっ？　先に行くって言ってたよね？」

「ああ。なんだか嫌な予感がしてる」

もしかしてメイユエになにかあったのだろうか？

あの男たちが学校内に侵入していたとか……いや、だったらもっと騒ぎになってるはずだろう。でももし、メイユエが連れ去られたのだとしたら……っ！

「マズい！　愛菜っ」

「な、なに？」

「俺の身体《からだ》を頼む！　それと俺の家に連絡して飛文にこのことを……」

そこまで言ったとき、引っ張られるような感覚が俺の身体を襲った。

次の瞬間には膝から崩れる〝俺の身体〟を、愛菜が慌てて支えるのが見えた。

魂が身体から引き摺《ず》り出されたのだ。

それはつまり、メイユエがここから百メートルの範囲を飛び出したということだ。

そしてすぐに部室から引き摺り出されて、いまもまだ魂が引っ張られているということは、メイユエはいまだに移動し続けているということになる。

(やっぱり、メイユエは連れ去られたんだ!)

しかも景色が動く速度から見ても、車か何かを使われているようだ。

くそっ、学校では仕掛けてこないんじゃなかったのか!?

(ともかく、メイユエのところにいかないと)

首に繋《つな》がれた魂の鎖で引っ張られている俺は、相手が移動を終えるのを待った。

◇◇◇

(抜かったなぁ……)

薄暗い、倉庫のような場所で目覚めた私は自分の迂闊《うかつ》さを悔やんだ。

身体は太い鎖によって背後のコンクリート柱に括《くく》られているため身動きができない。

たしかに騒ぎを起こして日本の警察に動かれては困るから、誘拐犯たちが学校内に侵入してこないだろうという読みには説得力があった。

ただし、校内に協力者と呼べる存在が居る場合はべつだ。

協力者によって私が意識を奪われた状態なら、騒ぎを起こすことなく外に連れ出すこともできる。それこそ段ボールにでも入れて、業者の振りをして外に運び出せばいい。仮に守衛さんあたりに怪しまれてもすぐには騒ぎにならないだろう。

実際に、私は部室でなにかの〝薬品を嗅がされ〟て意識を失ってから、この場所に運び込まれるまでの記憶がなかった。

「ここは……」

『メイユエ、大丈夫か!?』

そばに居た亨《とおる》（幽体）が心配そうに私の顔を覗《のぞ》き込んでいた。

そうか……百メートル離れたことで魂が引き剝がされたのか。

『ずっと起きないから心配したぞ』

「すまない、不覚を取った。薬で眠らされていたんだ」

『薬？　誰に？』

「それは……」

すると部屋の扉が開き、一人の人物がペットボトルを持って現れた。

扉の向こうには私を誘拐しようとした男たちが見張っているのが見える。

『なっ!?』

近づいてきた人物を見た亨は絶句し、大きく目を見開いていた。

私は目の前に立つ人物を睨《にら》み付けた。

「まったく……【毛皮の下に丈夫《ますらお》、もつれ毛の下に駿馬《しゅんめ》】とはよく言ったものだな」

「……どういう意味ですか？」

「人は見かけによらないということだ。其方《そなた》はさながら、手弱女《たおやめ》のように振る舞いながらも十二首魔王を謀ったアルルン・ゴア妃のようではないか」

「その喩《たと》えはよくわかりませんが……女スパイみたいなことですか？　そんな格好良いものじゃないです」

目の前に立った人物、南雲小紅《こべに》は溜息《ためいき》交じりに言った。

そう。部室で私に薬品を嗅がせたのは小紅だったのだ。

『南雲さんが誘拐犯の仲間？』

「其方は、ヤツらの仲間だったのか！」

詰め寄ろうとするが縛り付けられているため、ジャラジャラと鎖の音を立てただけだった。すると小紅は悲しげな顔で言った。

「……仲間ではないです。協力させられているだけです」

「なんだと？」

「協力しなければ家族に危害を加えると脅されたから」

小紅は申し訳なさそうな顔で瞳を伏せた。

「私は……カレム系日本人の三世なんです。美月《みづき》さんに『小紅《シャオホン》』と呼ばれたときはドキッとしました。カレムスタン人だったお祖父《じい》ちゃんが私をそう呼んでいたから」

つまり四分の一はカレムスタンの血を継いでいるというわけか。

誘拐犯はどこでそのことを知ったかは知らないが、それを利用したと。

「私はただ……平穏に暮らしていたいだけ。雪屋《ゆきや》さんみたいに波瀾万丈《はらんばんじょう》な青春なんて望まない。退屈な今日が明日も続けば良いと思ってる。だから……従うしかない」

「従ったところで、ヤツらがお前を簡単に解放するとでも思っているのか！　誘拐するようなヤツらなんだぞ！」

私は扉の向こうの男たちを睨んだ。しかし小紅は首を横に振った。

「でも、抗《あらが》ったらそこで終わりだから」

そう言うと小紅は私の前に水の入ったペットボトルを置いた。

「水分補給用の差し入れは許された。喉が渇いたら飲んで」

「思いっきり手を縛られてるのにどうやって飲めと？」

「キャップは緩めておくから。あとは……頑張って」

「どう頑張れと」

「ともかく、手荒なことをされないように大人しくしてて。私も、貴女《あなた》が傷つくところを見たくないから」

そう言うと小紅はキョロキョロと周囲を見た。

「……志田《しだ》くんも、居るんだよね」

『……ああ。ここに居「私には見えないし、声も聞こえないけど」るんだけど、そっか……話はできないのか』

亨は苦虫を噛《か》み潰したような顔をしていた。

「美月さんが無茶しないよう見張ってて。あの人たちも、大人しく従っているうちは危害は加えないって言ってるから」
『……わかった』
聞こえていないのにもかかわらず、亨はそう答えた。
小紅が出て行き、鍵が掛けられる音がした。
部屋の中には柱に縛られている私と、幽体状態の亨のみ。
『さて、どうする？』
「とりあえず【龍神娘《アジュ・メルゲン》】モードを試してみるか？」
『……さすがに太い鎖でこうもグルグル巻きにされるとなぁ。一応やってみるか』
そう言いながら亨が私の身体に重なってきた。
「『うっ』」
ぬぷっ。あの全身を包み込むような快感に耐えて、身体の指揮権を亨に渡す。
しかし亨はなかなか動き出そうとしなかった。
「どうしたのだ？／
いや……なんか胸の下を通る鎖のせいで、胸が持ち上げられてて妙に／
皆まで言うな！　抜け出すことに集中しろ！／
多分、男だとなにも感じないような感覚だったから……よしっ」
亨は私の腕に力を込めた。ギチギチと鎖が悲鳴を上げている。
しかし、どんなに頑張っても鎖を引き千切ることはできそうになかった。

「……ダメだな。これ以上やるとメイユエの身体に傷が付きそうだ／

そうか……小紅のことも調べていたようだし、私がときに強い力を出せることを知って
いたのだろう。だからこそグルグル巻きにされたのだろうな／

助けられなくてごめん。メイユエ／

謝るな。……巻き込んだのは私のほうだ」

亨が私の身体から出てきて【龍神娘《アジュ・メルゲン》】モードが解除された。

身体の感覚が戻ってくると力を込めた腕がヒリヒリと痛む。

「亨の身体はどうなっている？　魂を抜かれるときの状況は？」

そう尋ねると、亨は「大丈夫」と頷《うなず》いた。

『愛菜《まな》が近くにいたから任せてある。咄嗟《とっさ》に飛文に連絡をとるようにも言った』

「だとすると、飛文が私たちを見つけてくれるのを祈るしかないか」

『発信器とかは持たされてないのか？』

「飛文のことだ。多分身につけさせられてたとは思うんだが……ポケットが空だ。持ち物
は全部没収されたようだ。あのスプレー瓶すらない」

『……まあ、相手もそこらへんは警戒するか』

これは……万策尽きたのではないだろうか。

父上や母上との交渉結果如何《いかん》に関わらず、私の命はここまでなのかもしれない。

そうなったら、私と魂が繋がっている亨まで……。

「……すまん、亨。こんなことに巻き込んでしまって」

『ん？　なにが？』

「私が死んだら、お前も死ぬだろ。関係ないお前まで巻き込んでしまって」

『……いま、俺に身体があったら男女平等ビンタしてたかも』

亨はそう言った。……まあ、それくらい怒られても当然か。

「ハハハ……新婚早々家庭内暴力か？」

『人をDV夫みたいに言うなよ。らしくないこと言ってるから活を入れるだけだ。……まあとが怖いから痛くない程度にだけど』

そう言うと亨はニッと笑った。

『諦めるにはまだ早いだろ。俺たち冥婚とかタマフリとか人にはないカードを持っているんだ。それを駆使してどうにかできるよう考えようぜ』

「お前は……死ぬのが怖くないのか？」

『そりゃあ一度死んでるからな』

……そういえばそうだな。伊達《だて》にあの世は見てないぜ、ってヤツだ。

亨は私を元気づけるかのように不敵に笑った。

『まあ、死んだらそのときだ。あのクソ鬼神父の前で結婚式の続きでもしよう』

「獄卒鬼《ごくそつき》な。……まあそれも悪くないか」

干からびるならば八本の長骨となるまで、撒《ま》くとなれば一碗《わん》の血だけになるまで。

死ぬ気の覚悟で腹をくくれば、案外、生きる活力が湧いてくるものだ。

こう……腹の底から、ゾワゾワと……？

「『えっ？』」

違う。これは精神的なものなんかじゃない。

本当に私たちの意識が遠のいていく。これは……。

◇◇◇

一方、そのころ。

「ど、どうしよう。どうしたらいいの……」

「落ち着いてくださいですぞ、雪屋くん」

私、雪屋愛菜は開運部の部室で飯観寺《いいかんじ》先輩とオロオロしていました。

あのあと私は職員室に駆け込んで亨くんの家の電話番号を聞き、すぐに飛文という方にいまさっきの出来事を説明しました。ちょうど部室に来た飯観寺先輩と共に抜け殻になっている亨くんの身体《からだ》に肩を貸して運び出します。

すると飛文さんは五分も経《た》たないうちに校門の前に現れました。

サイドカー付きのバイクで。

フルフェイスのヘルメットをとった飛文さんは褐色の肌の美人なお姉さんでした。

『ご連絡ありがとうございます。雪屋様』

淡い色の髪を掻《か》き上げながらその美人さんは言いました。

均整の取れたプロポーションが強調されるピッチリとしたライダースーツを着た飛文さんは、さながら峰不○子かブラック・○ィドウのように見えます。

『主殿《あるじどの》の身体をサイドカーにお願いします』

『は、はい』『了解ですぞ』

飯観寺先輩と一緒に亨くんの身体をサイドカーに積み込む。

それが完了するのを見届けた後で、飛文さんは再びヘルメットを被《かぶ》った。

『ご協力ありがとうございます。あとはこちらにお任せ下さい』

『任せてって、アテはあるんですか？』

『はい。このお礼は後日あらためて』

そう言うと飛文さんは颯爽《さっそう》とバイクを走らせていった。

本当に……格好良い女性だなぁ。

飛文さんと亨くんの身体を見送ったあと、私たちは部室に戻って待機していました。

「南雲《なぐも》くんもいないんですよね。一緒に掠《さら》われてないといいのですが」

飯観寺先輩がそんなことを言った。

小紅ちゃんも美月さんと一緒なのかな？　無事だと良いんだけど……。

「こういうとき、なにかできたら良いのに……」

私は自分の無力さを悔やんだ。

小紅ちゃんにも言われたけど、私は多少霊感がある以外は普通の女子高生だ。

幽体離脱やタマフリ、あじゅめるげん？　なんかもできない。

だからもう手を組んで祈るしか無かった。

（お願い。みんな無事に帰ってきて。そして私が望む賑《にぎ》やかな青春の日々と、小紅ちゃんが望んでいた平穏な日々を返して！）

そう祈っていた、そのときだった。


――――――!!


「――っ！　」

あの声が、あの音が、私と飯観寺先輩の耳に届いたのは。

私は咄嗟に叫んだ。

「お願い！　美月さんたちが危ないの！　助けてあげて！」

私の願いが届いたのかはわからない。

だけどその音は、確かな力を感じさせながら遠ざかっていったのだった。

11, もう一度、今度こそ

気が付いたとき、私たちは穏やかな光の中にいた。

暖かいのか冷たいのかもわからない光。

その光が収まったとき、私たちの目の前にあったのは西洋風の教会だった。

「『境界の教会』……」

隣に立っていた亨《とおる》が呟《つぶや》いた。……良かった、亨も一緒か。

「えっ、ここに来たってことは俺たち、また死んだのか？」

「いや、そんな感じではなかったぞ。意識を失う直前も縛られていただけだし」

「じゃあ、どうして……」

「ああ、どうもどうも。お二方」

不意に後ろから声を掛けられ振り向くと、あの日、私と亨の冥婚をとり仕切った獄卒鬼がドタバタと駆け寄ってきた。今日は神父姿ではなく、サラリーマンか役所の窓口係を思わせる白シャツにネクタイという姿だった。

「この度はご足労をおかけしました」

そう言ってペコペコ頭を下げる獄卒鬼。

「ご足労ということは……其方《そなた》が私たちを呼んだのか？」

私が尋ねると獄卒鬼はコクリと頷いた。

「はい。この度は私《わたくし》どもの不手際でお二人に入らぬご苦労をおかけし、申し訳ありませんでした。私どもとしましては再発防止を徹底するよう指導すると共に、お二人の冥婚を解消できないかと上に問い合わせていたのです、ハイ」

冥婚の解消？　つまり魂の繋《つな》がりを切れるということか！

「亨との冥婚を解消できるのか!?」

そう尋ねると、獄卒鬼は二人分の薄っぺらな紙を差し出してきた。

「はい。こちらの書類にお二人のサインをいただけましたら冥婚は解消となります。離婚ではなく、そもそもの婚姻を無効とするものなのでバツはつきません」

いや、その配慮に意味があるかどうかはわからないけども。

でも良かった。これで亨との一蓮托生《いちれんたくしょう》は解消される。

これでもし、私が殺されるようなことがあったとしても、亨は自分の身体に戻れば生き長らえることができるだろう。亨を……道連れにしなくてすむのだ。

それだけで、ほんの少しだけ肩の荷が下りたような気がした。

私が差し出された紙を受け取ろうとした、そのときだった。

「ふっざけんな！」

亨が獄卒鬼の胸ぐらを摑《つか》んでいた。

「そっちの都合で冥婚させておいて、そっちの都合で解消すんな！　いますぐに、いまのままの形で、俺たちの魂を元居た場所に戻せ！」

「ひいいいい〜！」

亨の剣幕に鬼のくせに獄卒鬼は情けない声を出していた。

私は慌てて亨を止めに入る。

「亨っ、どういうつもりだ！　冥婚を解消できるのだぞ!?　もう百メートルという距離に縛られなくていいというのに！」

「それは願ったり叶《かな》ったりだけど、いまは困る！」

亨は止めようとする私の手を振り払った。

「言っただろ。冥婚とかタマフリとか、持ってるカードを駆使してなんとかしようって。そんなときにタマフリって最大の切り札を捨てられるか！」

「それは……そうだが。でも、タマフリがあっても私は縛られているのだぞ!?　それでどうにかできるとも思えん。それならばいっそ、お前だけでも……」

「『キミは俺が護《まも》るから。絶対……』」

亨は獄卒鬼を放すと、真《ま》っ直《す》ぐに私の目を見ながら言った。

それは橋の下に隠れていたとき、亨の口から聞いた言葉だった。

「俺は一度、その約束を守れなかった。だから今度こそ、約束を果たす」

真っ直ぐな眼差《まなざ》し。真っ直ぐな言葉。

それに胸を締め付けられる思いがした。

あのとき……私は亨になんと返したのだったか。……そうだ。

「『護られてばかりは沽券《こけん》に関わる。私が其方を護ろう』」

そう言ったのだ。だったら私が亨を護らなくては。

私と亨。どちらかが欠けては、どちらかの約束が破られることになる。

私たちはすでに一蓮托生だった。

それは一緒に死ぬことではなく、一緒に生きるということだ。

「なるほど……【独り者はまだ人でなく、燃えさしはまだ火ではない】か」

あの日に飛文に言われた言葉を思い出した。

「ん？　どういう意味？」

キョトンとする亨に私は不敵に笑いながら言った。

「叙事詩『ジャンガル』の言葉で『家族を持たない者は半人前』という意味だ」

「唐突な独身ディス!?　結婚しないという選択を潰す発言は炎上のもとだぞ!?」

「そうじゃない。人は独りでは不完全で、護るべき存在ができて初めて、一人前になれるぐらいの意味なのだろう。だから、私たちは二人で一人前なのだ」

「……なるほど。それならわかる」

亨はしっかりと頷《うなず》いた。

私たちは襟首を直している獄卒鬼に向き合った。

「そういうわけだ、獄卒鬼殿。冥婚は解消しなくていいから、元の場所に帰してくれ」

「で、ですが、この機会を逃しますと、魂が結びついて離れられない状況が続くことになりますよ？　それでもよろしいのですか？」

そう言い募る獄卒鬼に亨はヒラヒラと手を振った。

「どうせ現世で子供ができれば冥婚は解消されるんだろ？　それまで待つさ。な？」

うむ、と私も頷く。獄卒鬼も観念したようだ。

「……わかりました。お二人が冥婚関係の継続を望まれているということを、上に報告するといたしましょう。お二人にはこのまま現世に戻ってもらいます」

するとまた身体に浮遊感が生まれた。現世に戻るのだろう。

獄卒鬼はそんな私たちに深々と頭を下げた。

「お二人の門出に幸多からんことをお祈りいたします。どうか、すぐにまた〝彼岸《こちら》〟に来られることのないように。……間を空けずの再手続きは面倒なので」

台無しだ！　まったく、結局最後までお役所仕事しおってからに。

◇　◇　◇

『さて、これからどうしたものか』

現世に戻った俺たちだったけど、メイユエが縛り付けられている状況に変化はない。

「このままでは【龍神娘《アジュ・メルゲン》】モードも意味がないしな」

そう言いながらメイユエは足を伸ばして、南雲さんの置いていった飲料水を引き寄せる。

それを足裏で挟んだりしながらモゾモゾと動いていた。

『……さっきからなにやってるのさ』

「いやなに、喉が渇いたので飲めないかと思ったが、さすがに足では難しいな。ああもう、小紅《こべに》のヤツめ、どうやって飲めと言うのだ」

『そんなに足を開くとパンツが見えるぞ』

「スパッツを穿《は》いているから問題ない」

そういう問題なんだろうか？

そう思ってそのペットボトルを覗《のぞ》き込むと……。

（……あれ？　この水って）

そのときだった。

部屋の扉が開かれて、男たちがゾロゾロと入ってきた。

その中には後ろから小突かれるようにして歩く南雲さんの姿もあった。

男たちは部屋に入ると左右にサッとわかれた。

するとと扉までの道が開かれて、そこを一人の老人が歩いてくる。

「――――――」

ヨボヨボな老人がなにか言ってるが、知らない言語なので理解できなかった。カレムスタンの言葉なのだろうか？

『なあ、あの爺《じい》さんはなんて言ってるんだ？』

（「……まあ、よくある脅し文句だ」）

メイユエが小声で教えてくれた。

（「母上がカレムスタンに先端技術を持ち込んだのが許せないらしい。……ああ、なるほど、もとは呪《まじな》いを扱っていた一族なのか。科学技術を持ち込まれることで、一族の神秘性が失われることを危惧したというところか」）

メイユエは吐き捨てるように言った。

（「……なんか、我々は遊牧民族の信仰の中心地として今日まで独立を保ってきたとか、その神秘性が失われれば我らはすぐに周辺国に呑《の》み込まれて滅びるとか、それっぽいことを言っているが……時代錯誤も甚だしいわ。この愚か者《チヨトン・ノヤン》め！」）

『辛辣だな……』

（「いまは信仰の力で独立していられるほど世界は甘くない。キチンと国際情勢を知り、先端の技術を取り入れ、外交を行わなければ生き残れんわ。危険な流行病が世界中に簡単に広まるくらいグローバルな時代なんだぞ。一国ではどうにもならないことが多すぎるこの世界で、狭い国土に留《とど》まっていればそれこそ亡《ほろ》ぶぞ！」）

メイユエは口を開いて老人に反論した。

おそらく、いま言ったようなことを老人に言ったのだろう。すると……。

「――――」

老人はメイユエを指差しながらなにか言った。

その瞬間、メイユエの身体《からだ》が強《こわ》ばるのがわかった。

『……なんて？』

（「小娘と討論しようなどとは思わん。所詮は父上を交渉の座につかせるための餌だとさ。そのために、まずはその髪を切り取って送りつけ、次に指を、次に足首を、次に目を、切り取って送るそうだ。父上が交渉に応じるまで」）

『……頭にくるな』

メイユエの身体が切り刻まれる想像をし、頭に血が上っていた。

俺は老人を睨《にら》んだ。肉体があったら問答無用で暴れ回ってやるのに。

こいつらに、メイユエの髪の一房すらくれてやりたくなかった。

すると刃物を持った男たちがメイユエに近づいてきた、そのときだった。

『ヒヒーンッ』

どこからともなく馬の嘶《いなな》きが聞こえて来た。

そして部屋中を駆け回るような蹄《ひづめ》の音が響いている。

「――――――！」

突如出現した姿の見えない馬に、老人も男たちも大混乱に陥っていた。

鳴き声も蹄の音もすぐ傍《そば》でするのに、その姿が見えないのだ。男たちはそれでも反撃を試みようと武器を振り回すが、それが周囲に居た男にあたって切り付ける結果になり、更なる混乱を広げていた。

誰しもが姿無き襲撃者に混乱している中で、幽体である俺の目にはハッキリと、狭い部屋の中を駆け回る『白い馬』の姿が見えていた。

『アイツ、まだ成仏してなかったのか？』

「もしかして雛鵬《すうほう》か？」

メイユエに聞かれて頷いた。

『ああ。多分、メイユエを助けてくれようとしてるんだと思う』

「本当に、なんと賢く愛《う》い白き雌馬《ツアガーン・グー》だろう」

メイユエが感動しているように言った。

しかし雛鵬号が暴れ回っているとは言っても、所詮は音と鳴き声だけの存在なのだ。同士討ち以外で相手を傷つける手段はなく、混乱が落ち着いてしまったら為《な》す術《すべ》がない。大長編ドラえもんの『こけおどし手投げ弾』みたいなものだ。

どうしたものかと思っていると、秘《ひそ》かに俺たちに近づいてくる影があった。

「お待たせしましたお嬢様。主殿《あるじどの》も」

「『飛文!?』」

混乱の隙を縫うようにやってきたのは、黒いライダースーツの飛文だった。

「隙をうかがっていたところ、都合良く混乱してくれたので簡単に忍び込めました。もう少し遅ければ、奥様よりいただいた新型スタングレネードを投げ込んだのですが」

『いや、そんなの急に投げ込まれたら俺やメイユエの目も潰れるんじゃ？』

「眩《まぶ》しいのは一瞬です。……頭痛は残るかもしれませんが」

『ダメじゃん！』

「あの馬には感謝ですね」

ああ、霊感のある飛文には見えてるのか。

「だけど、飛文。よくここがわかったな」

「発信器の信号を辿《たど》ってきました」

「？　私の持ち物は没収されていたのだが？」

「はい。ですから彼女の信号を追ってきました」

そう言って飛文が指差したのは、混乱に巻き込まれないように部屋の隅で蹲《うずくま》っている南《な》雲《ぐも》さんだった。南雲さんに発信器？

疑問に思っていると、飛文はコクリと頷いた。

「彼女は協力者です。お嬢様の敵が接触してきたことを秘かに教えてくれていたのです」

「二重スパイか!?　やるではないか！」

なんと、内気そうなのに意外だ。

そう言えばメイユエが【毛皮の下に丈夫《ますらお》、もつれ毛の下に駿馬《しゅんめ》】とか言ってたけど、本当にそのとおりだな。女性はときに男性の思惑を越えるくらい強《したた》かなものということなのかも。

　すると飛文はその場でクルリと背を向けた。ピッチリして身体のラインが出るスーツの背に、なにかが縄で括《くく》られている……って、よく見たら俺の身体じゃん！

「主殿の身体もお持ちしました」

『それは助かる！』

　俺は自分の身体の中へと入り、ようやく幽体状態から解放された。

　長く離れていたせいか節々が妙に凝っている気がする。

　コキコキと自分の身体を動かしていると、メイユエが飛文に尋ねた。

「私の拘束は外せるか？」

「……残念ながら、この縛られようは想定外です。すぐには難しいかと。すでに警察には連絡を入れていますが、到着まではまだ時間が掛かるでしょうし……」

　あの【龍神娘《アジュ・メルゲン》】モードでもどうにもできなかった鎖だからな。これを解こうとすれば時間が掛かってしまうことだろう。……それなら。

「メイユエ、ちょっとゴメン」

　俺は足下にあったペットボトルを拾うと、その中の水をメイユエにぶっかけた。

「うわっ、なにを……っ!?」

　次の瞬間、メイユエの身体から魂が引き摺《ず》り出された。

　幽体だったとき、この水から不思議な力を感じてもしやと思ったけどドンピシャだ。

　南雲さんが差し入れてくれた水は飯観寺《いいかんじ》の霊水だったのだ。スプレー瓶を取り上げられたことを知った南雲さんが、なにかに使えればと用意してくれたのだろう。

……マジであの子、女スパイの素質があるんじゃないか？

ともかく、みんなからもらったチャンスは活《い》かさないと！

「メイユエ！　俺の身体を使え！」

『えっ!?　あっ、そういうことか！』

幽体になったメイユエも理解したようだ。【龍神娘《アジュ・メルゲン》】モードのときとは逆で、俺の身体をメイユエが使う。二人分の魂を取り込むことでタマフリが起きるなら、その状態でもなんらかのパワーアップはされるはず。

『行くぞ、亨《とおる》！』

ぬぷっ。メイユエの魂が身体の中に入ってくる。

「『ううう　』」

メイユエの身体の中に入っていくときには温かいものに包まれるような快感があったけど、中に入られるのは敏感な部分を弄《いじ》られるようなべつの快感があった。

やがて完全に同化したとき、俺の身体の指揮権はメイユエに奪われた。

「なるほど、これがタマフリか。力が漲《みなぎ》ってくる」

俺の口が勝手に言葉を紡ぐ。

そしてメイユエは男たちのほうに向かって手を翳《かざ》した。すると……。

ビョオオオオオオ！

突如、俺（メイユエ）の身体から猛烈な突風が吹き荒れ、何人かの男たちを弾《はじ》き飛ばして壁にビタンッ！　と叩《たた》き付けた。混乱していた男たちが一斉にこちらを見る。

これは……メイユエの流れを操る力か？

タマフリによってその力が強化され、大気を操れるようになってるってこと？

「これはいいな。まるでアメコミのヒーローにでもなったような気分だ」

メイユエはご満悦っぽいけど、俺の顔で粋がるようなこと言わないでほしいなぁ……なんか恥ずかしくなってくるし。

「飛文！　小紅《こべに》を連れて外に出ろ！」

「承知しました」

飛文は駆け出すと、男二人の間をすり抜けざまに、そのみぞおちに両手の短剣の柄《つか》部分を叩き込んだ。ぐはっ、とくぐもった声を上げる男たちに一瞥《いちべつ》もくれることなく駆け抜けると、部屋の隅にしゃがみ込んでいた南雲さんの手を引いて外へ脱出した。

さ、さすが暗殺教団メンバーの子孫。

「さて、それではこちらも思いっきり暴れるとするか／

俺の身体であんまり調子に乗らないでほしいなぁ／

わかっている。ここからは全力だ」

俺の口で二人分の会話をしながら、メイユエは構えをとった。

すると黒幕っぽい老人がこっちに向かって吼《ほ》えた。

「貴様っ！　一体何者なのだ！」

あっ、言ってることがわかる。メイユエと同化しているからか？

すると俺（メイユエ）は不敵に笑った。

「この風を起こす力は天空を翔《かけ》る大鷹《おおたか》の羽ばたきのようだ。まさに人中の鷹。【人中鷹《ジャサ・シヘル》】モードといったところか」

ジャサ・シヘル。たしか『ゲセル・ハーン』の勇士だっけ？

俺がメイユエに入ると【龍神娘《アジュ・メルゲン》】で、メイユエが俺に入ると【人中鷹《ジャサ・シヘル》】なのか。

「なにを訳のわからんことを！　やれ！」

老人の命令により、男たちは一斉にボウガンを構えた。

って、拳銃は輸入できないって言ってたけど、ボウガンは使えるのかよ。

「洒落臭《しゃらくさ》いわ！」

メイユエは俺の腕を、まるで鳥が羽ばたくときのように動かした。

するとメイユエを中心にして竜巻が巻き起こる。

部屋の中にあった木箱も、男たちが打とうとした矢も、手にしていた刃物も、男たち自身も、あの黒幕っぽい老人も、まるで乾燥機に欠けられた洗濯物のように、狭い部屋の中でグルグルとかき回されることになった。

メイユエは両手を上に掲げながら叫んだ。

「【黄金の鷹《アルタン・ションホル》】！」

あ、もう技の名前を考えたのか。

俺の身体《からだ》で必殺技名を叫ぶのってなんか恥ずかしいんだけど。

ビョオオオオオ！　ドカ、バキ、バコッ！

室内に荒れ狂う暴風の中で、暴風男たちも老人も身体のいろんなところをぶつけてボロボロになっていく。骨折と裂傷は不可避だ。……威力強すぎじゃない？

「なあ、これ以上やるとミンチになりそうだぞ？／

う、うむ。これくらいにしておいてやるか」

メイユエが風を止めると、老人たちはドサッと落ちた。みんな痛そうに呻《うめ》いているから死んではないだろうけど、全身の至る所の骨が折れてそうだ。

「……飛文たちを外に出しておいて良かったな／

うむ……我ながら良い判断だったと思う」

少しして南雲さんを避難させた飛文が戻ってきた。一緒に縛られていたメイユエの身体を解放し終えたころ、警察も到着して満身創痍《まんしんそうい》な男たちを逮捕していった。

ようやくそれぞれの身体に戻れた俺たち。

「やったな！　亨」

「ああ。お疲れ、メイユエ」

メイユエが拳を差し出してきたので、俺もコツンと拳をぶつけたのだった。

エピローグ　美しい月の夜に

事件が無事に解決したあと、警察とは話が付いていたらしく、俺とメイユエはすぐに解放された。南雲さんだけは事情説明のために警察に同行したが、最初から飛文と連絡を取り合っていたので、容疑者ではなく参考人という扱いになるらしい。

『小紅様の協力があったからこそ、短時間でお嬢様の居場所を知れました。汗様から感謝状と羊十頭を贈られるくらいの活躍です』

それは……贈られても困ると思う。

そんな南雲さんに薬品を嗅がされたメイユエは、一応病院に行って医者に診てもらうこととなった。飛文と共に診察室に入っていくのを見送り、待合室で待っていると。

「やあやあお婿くん」

現れたビジネススーツの女性にそう話しかけられた。美人でスタイルが良く、年齢がよくわからない（見た目は二十代後半でも通じるのに、立ち居振る舞いにそこはかとなく年季を感じる）、どことなくメイユエに顔立ちが似ている女性。

「もしかして、メイユエのお母さん？」

そう尋ねると、その女性は頷《うなず》いた。

「ええ。そしてキミのお義母《かあ》さんでもある美晴《みはる》よ」

美晴さんは悪戯《いたずら》っぽく笑いながら握手を求めてきたので応じる。

「ようやく全部片付いたから、こうして駆けつけることができたわ。ごめんなさいね、挨拶が遅れて。親が忙しいとこういうとき子供に苦労を掛けるわね」

「ああ……そこらへんは、うちも大概なんで」

親父《おやじ》は海外を忙しく飛び回ってるからな。

復活が早かったせいで、きっと俺が死んだことも、あの世で冥婚したことも、そのお嫁さんたちと一緒に住んでいることも知らないだろう。そう思っていたら……。

「いやいや、キミの父上もキミのことを心配していたぞ？」

美晴さんにキョトン顔で言われた。

「えっ、親父と連絡してたんですか？」

「当たり前だろう。娘の結婚相手の両親に挨拶しないわけにもいくまい。……もっとも、キミの母上は鬼籍に入られているので、墓前での報告となってしまったがね」

見えないところで大人たちはしっかりと動いてくれていたようだ。

「『不束《ふつつか》な息子ですがどうかよろしくお願いします』と言っておられた」

「俺が嫁にもらわれるみたいじゃん！」

「そう言うな。仕事にかまけてキミら兄妹に寂しい思いをさせていることを気に病んでいたようだ。家が賑《にぎ》やかになることを歓迎していたぞ」

……だったらもうちょい帰って来いって思うのは、子供のワガママかな。

するとと美晴さんは真面目《まじめ》な顔になって俺を見た。

「親にとって、子はいくつになっても心配の種なのだよ。だから……ありがとう」

美晴さんは深々と頭を下げた。

「メイユエを。娘を生き返らせてくれただけでなく奸賊《かんぞく》からも守ってくれて」

「いや、それは……だいぶ偶然が混じっているというか……」

「フフフ、お義母さんの感謝くらい素直に受け取り給《たま》え、お婿くん」

「えーっと……わかりました」

俺がそう答えると美晴さんは満足そうに頷いた。

「まあ私はキミを認めているが、旦那はメイユエを溺愛しているからね。娘婿として認めてもらうには骨が折れるだろうが、頑張ってくれ」

メイユエの親父さんって汗《ハン》……つまり王様みたいなものだよな。

いつかそんな人物に「娘さんをください」と言いに行く日が来るんだろうか。

……想像すると気が重いな。

そんな内心が顔に出ていたのか、美晴さんは俺の背中をバシッと叩いた。

「頑張りたまえ！　お婿くん！」

その後、メイユエの身体にも問題がないことがわかると、美晴さんは慌ただしく仕事に戻っていった。本当に忙しい人のようだ。

ともかく、これで俺たちは揃《そろ》って帰宅することができた。

家の扉を開けると須玖瑠《すぐる》がパタパタと駆けてきた。

「兄さん。義姉《ねえ》さん。心配した」

そう言って涙目になっている須玖瑠を見て、感極まった様子のメイユエは須玖瑠の身体をギュッと抱きしめ、俺はその頭に手を置いて優しく撫《な》でながら言った。

「「　ただいま　」」

「おかえり」

須玖瑠にそう言われて、ようやく日常に戻ってきたのだと実感した。


翌日には学校に向かい、教室に入ると愛菜《まな》が駆け寄ってきた。

「もう！　本当に心配したんだからね！」

一応、昨日の段階で愛菜や飯観寺《いいかんじ》先輩にはザックリとは事の顚末《てんまつ》を伝えてあったのだけど、やっぱり顔を見るまでは安心できなかったのだろう。

愛菜は心からホッとしたような顔をしていた。

「悪い。心配掛けて」

「まったくもう、あんまりハラハラさせないでよね。でも、みんな無事に戻ってきてくれて良かったよ。亨《とおる》くんも、美月《みづき》さんも、それに小紅ちゃんもね」

そう言って愛菜は片目を閉じた。ホント、良いヤツだよな。

「感謝してるよ。愛菜がいなかったら飛文に連絡できなかったからな」

「フフフ、じゃあ今度なにかおごってもらおうかな？」

「メイユエの実家も感謝してるし、羊十頭くらいなら送ってもらえるぞ？」

「置き場所に困るよ！」

「あっ、一応もらいはするんだ」

なんてことのないやりとり。それができるのも平和な証拠だ。

そして放課後になり、俺とメイユエと愛菜は開運部の部室を訪ねた。

部室には飯観寺先輩と南雲《なぐも》さんが居た。

飯観寺先輩は少し大袈裟《おおげさ》すぎるほどのリアクションで再会を喜ぶと、全員分のほうじ茶と檀家《だんか》さんからのもらい物だという、お高そうなお茶菓子を出してくれた。

「……ふう。しかし、小紅の度胸には舌を巻いたぞ」

お茶菓子を食べ、ほうじ茶を啜《すす》りながらメイユエは言った。

「まさか敵に利用されるフリをしながら、飛文に情報を流していたとはな。引っ込み思案そうな顔をして、なかなかやるではないか」

「……べつに」

モヒカンベアの前足を弄《いじ》りながら、南雲さんは素っ気なく答えた。

「私は……私の平穏を守りたかっただけ。あの人たちに協力したとしても、私や家族に危害を加えないという保証はなかったから、予防線を張っていたの」

「フフフ。お陰でみんな平穏無事でいられてるもんね」

愛菜に笑顔で言われ、南雲さんは照れたのかプイッとそっぽを向いた。

そんな女性陣のやりとりを微笑《ほほえ》ましく思いながら、俺は一つ気になっていたことを飯観寺先輩に尋ねた。

「メイユエが捕らえられていたときに雛鵬号《すうほうごう》が助けてくれた気がするんですけど、あの馬ってまだ成仏していなかったんですか？」

「ふむ。土地からは解放されたのでどこへでも行けるはずなのですがな」

飯観寺先輩はズズズとほうじ茶を啜りながら言った。

「人が言葉通じぬ動物に情を感じるように、動物もまた人に対して強い情を抱くこともあるのでしょう。一度背に乗せた美月くんのことを気に入ったのではないですかな？」

「つまりメイユエは雛鵬号に取り憑《つ》かれた、と」

「おい！　その言い方はなんか嫌だぞ！」

横からメイユエに文句を言われた。

「せめて懐かれたと言ってくれ」

あ、それならいいんだ。飯観寺先輩も苦笑していた。

「まあ悪い霊ではないので大丈夫でしょう。満足したらそのうち離れていくでしょうし、しばらくの間、守護霊が一頭増えるくらいの感覚で良いかと」

……まあ、それならいい……のか？　よくわからん。

ちなみにお世話になったこともあるので、俺とメイユエと愛菜は揃って開運部に入部することにした。これで生徒会にチクチク嫌みを言われる（学校側の計らいで部にはなっていたけど、部員数が足りないことを生徒会には責められていたらしい）こともなくなると飯観寺先輩は小躍りしながら喜んでいた。

南雲さんは我関せずを貫いていたけど、横顔は満更でもなさそうだった。


その日の夜。俺とメイユエはベランダに並んで座っていた。

俺はぼんやりと夜空を見上げ、メイユエは馬頭琴《モリンホール》を適当に奏でている。

「……なんだか、目まぐるしい日々だったよな」

「なにを過去形のように言っているのだ」

俺の言葉に、メイユエは呆《あき》れたように言った。

「私たちの魂はまだ繋《つな》がったままだし、私の呪いによる不運体質もまだしばらくは続いてしまうらしい。終わったつもりでいると痛い目を見るぞ？」

「それは、そうなんだけどさ」

頭の後ろで手を組んで中天の月を見上げる。

メイユエの名前みたいな、綺麗《きれい》でまん丸のお月様だ。

するとメイユエは弓を弾いていた手を止めると、じっとこちらを見つめてきた。

「亨は……冥婚解消しなかったこと、後悔はしていないのか？」

そのくりくりとした目に不安の色はなかった。

俺がどう答えるかくらい、メイユエにもわかっているのだろう。

だから彼女の予想以上の早さで断言してやる。

「全然」

「早いな!?　即答されるとは思わなかったぞ」

メイユエが目をパチクリとさせていた。してやったり。

「まあこの先、不便に思うことはあるだろうけどさ。そんなに積極的に断ち切ろうとは思わないくらい、この関係性にも愛着が湧いている。メイユエはどう？」

そう尋ね返すと、メイユエは少し頬を染めながらそっぽを向いた。

「わ、私は……私も、そんなに悪くないと思っている」

う～ん……なんともこそばゆくなる反応だ。

「なぁメイユエ」

「ん？」

「アレ弾いてよ。河川敷で弾いてたヤツ」

「『草原情歌』か？　いいぞ」

メイユエはゆっくりとあの曲を奏で始めた。

目を閉じて、のんびりと聞き耳を立てる。

メイユエの髪を揺らす夜風に、旋律が乗って流れていく。

穏やかな微笑を浮かべながら弓を弾く、メイユエの横顔。

やっぱり、メイユエが馬頭琴を弾く姿はとても絵になるよな。

(ずっと……こうして観《み》ていたいくらいだ)

そんなことを思っていたときだ。

「○□△●～♪」

メイユエはおもむろに歌のようなものを口ずさんだ。

日本の言葉じゃない。かといってカレムスタンの言葉というわけでもなさそうだ。

これは……中国語っぽいか？　あの遠くまで見渡せるようなゆったりとしたメロディーにメイユエの歌声が重なって、さらに耳に染み入ってくる。

一番を歌い終わったあとで、メイユエは演奏の手を止めずに言った。

「『草原情歌』は元はカザフの民謡なのだが、中国語の歌詞が有名なのだ」

「へぇ～。どういう歌詞なの？」

「はるか遠いところにカワイイ姑娘《クーニャン》がいるらしい、って感じだな。カワイイから彼女の家の前を通った男は誰もが振り返るとか、噂《うわさ》だと笑顔は太陽のようだとか」

「ほう」

「瞳は月のようだとか、彼女の山羊《やぎ》になって飼われたいとか」

「……後半の歌詞が変態チックで不穏なんだけど？」

「それくらい魅力的な女の子ということなのだろう」

「ふ～ん……メイユエみたいな？」

また照れた反応を見られるかなと期待して茶化すように言ってみた。

もっともこれは俺の本心でもある。

だって笑顔は太陽のようで、瞳は月みたいなのだろう？

うん。やっぱりメイユエみたいだと思う。

しかし、当のメイユエは「いいや」と首を振った。

「私は姑娘ではないからな」

「ん？　女の子って意味じゃないの？」

「たしかに女性全般を指す言葉としても使われるが……基本的には『未婚の女の子』を指す言葉なのだ。英語で言う『miss』みたいにな」

するとメイユエは少し頬を染めながらチラリと俺を見た。

「私はお前の奥さんだぞ。だから姑娘ではないだろう」

「………」

……やられた。照れさせられたのは俺のほうだった。

なにも言えなくなった俺の代わりに、草原情歌の旋律だけが流れていた。

あとがき

是非一度は読んでみてもらいたい叙事詩がある。どぜう丸です。

私が物語を書くモチベーションを維持するには動機が必要で、異文化×婚姻というテーマ性が今の時代に合っているからとかゴチャゴチャ考えていたのですが、

『いやどれだけ理屈を並べても、貴方《あなた》が書きたいのって可愛《かわい》い女の子だよね？』

と、知人にズバリ指摘されて、なにも言い返せませんでした。

そして自問自答し、書き上げた原稿（初稿）を読み返して出した結論。

【自分ちのベランダで馬頭琴を弾いている遊牧民族風の女の子が居たら良くない？】

はい。これがこの作品を書く動機です。良いですよね、女の子と馬頭琴。

だからもう、メイユエという女の子の可愛さに全振りです。

男口調だけど気にしぃで、我が強いようで流されやすく、我慢強いけど打たれ弱い面を持っている彼女から、気付けば目が離せない……というのが亨《とおる》の心情です。

メイユエが馬頭琴を弾いているシーンを描きたいがために書いた物語。

その魅力が、多くの人に伝わればいいなと思っています。

それでは本作に関わったすべての人と、お買い上げいただいた皆様に感謝を。

【なぜなに？　カレムスタン・おまけ】

ララムー（カレム式干し肉スープ）

亭　（ある日。学校からの帰宅後。メイユエの部屋にて）

美月「う、うむ……お前が食べてみたいって言ってたから、作ってみたぞ」

亭「へー。これがメイユエが言ってたララムーか」

美月「だって話題には上るのに飛文は作らないからさ。気になってて」

亭「塩漬けにした干し肉をお湯に放りこんで柔らかくし、手に入る適当な野菜を入れて煮込むだけの簡単なものだ。だから……その……あまり期待しないでくれ」

美月「じゃあさっそくいただきます」（ズズズ）

亭「……どうだろうか」

美月「……滋味深いな。シンプルだけど身体に染み入る感じがして……うん、美味い」

亭「そ、そうか」（ホッ）

美月「ホントに肉と塩だけなのか？　結構複雑な味わいになってるけど」

亭「我が国では岩塩を仕入れて使っている。食卓塩より複雑な味になるのだ」

美月「ホント美味いな。入れる野菜を変えるだけで、毎日飲んでも飽きないと思う」

亭「大袈裟だな。まあ遠征用の飲み物でもあるから飽きないだろうけど」

美月「このララムーを毎日飲みたいくらいだ」

美月「……日本で『キミの味噌汁を毎日飲みたい』はプロポーズではなかったか？」
亨「うん。ちょっと意識してみた」
美月「うぐっ。まったく……そういう意味でなら断るぞ」
亨「えっ……」
美月「私が作ったララムーを美味そうに飲む亨を見ていたら、家族に料理を振る舞うのも楽しいと思えたからな。ララムー以外も作れるようになりたいぞ。飛文が言っていた花嫁修業も検討するべきかもしれん」
亨「……ビックリした。お前に飲ませるララムーはない、って言われたのかと」
美月「……フフッ。なにを言ってるんだか」
（おそらくララムーを振る舞うことに緊張があったのだろう。そんな緊張を解くように、メイユエは制服のリボンタイを解き、耳に掛かる髪を掻き上げながら言う）
美月「私自身が料理を振る舞いたい。ずっと一緒に食事したい。そう思える相手はたった一人だけだよ、旦那さま」（頬をほんのり染めつつ）
亨「ぐっ……なんか、鼻に染みるなぁ、ララムーって」
美月「フフフ、顔が赤くなってるぞ」
須玖瑠「……なんか良い雰囲気。声を掛けづらい」
飛文「いまはそっとしておいてあげましょう」

参考文献
『ゲセル・ハーン物語　モンゴル英雄叙事詩』若松寛訳（平凡社　1993年）
『モンゴル入門』日本・モンゴル友好協会編（三省堂　1993年）
『ジャンガル　モンゴル英雄叙事詩2』若松寛訳（平凡社　1995年）
『世界の食文化3　モンゴル』小長谷有紀著（農山漁村文化協会　2005年）
『モンゴル語ことわざ用法辞典』E.プレブジャブ著　塩谷茂樹著（大学書林　2006年）
『モンゴルのことばとなぜなぜ話』塩谷茂樹編訳・著　思沁夫絵・コラム（大阪大学出版会　2014年）

OVERLAP

学生結婚した相手は
不器用カワイイ遊牧民族の姫でした

発　行　2022年8月25日　初版第一刷発行

著　者　どぜう丸
発行者　永田勝治
発行所　株式会社オーバーラップ
〒141-0031　東京都品川区西五反田 8-1-5
校正・DTP　株式会社鷗来堂
印刷・製本　大日本印刷株式会社

Printed in Japan ISBN 978-4-8240-0265-5 C0193